KB251889

내일도
반짝일
오늘의
글리터

내일도 반짝일 오늘의 글리터

오픈도어북스는 (주)하움출판사의 임프린트 브랜드입니다.

초판 1쇄 발행 26년 1월 21일

지은이 ㅣ 유앤아인

발행인 ㅣ 문현광
책임 편집 ㅣ 이건민
교정·교열 ㅣ 신선미 주현강 황윤
디자인 ㅣ 문서아
마케팅 ㅣ 남상묵 김다현 박채원
업무지원 ㅣ 이창민

펴낸곳 ㅣ (주)하움출판사
본사 ㅣ 전북 군산시 수송로 315, 3층 하움출판사
지사 ㅣ 광주광역시 북구 첨단연신로 261 (신용동) 광해빌딩 6층 601호, 602호
ISBN ㅣ 979-11-7374-298-9(03810)
정가 ㅣ 18,000원

이 책의 전부 또는 일부 내용을 재사용하려면 사전에 저작권사
(주)하움출판사의 동의를 받아야 합니다.
오픈도어북스는 참신한 아이디어와 지혜를 세상에 전달하려고 합니다.
아이디어와 원고가 있으신 분은 연락처와 함께 open150@naver.com으로 보내 주세요.

내일도 반짝일

오늘의 글리터

오픈도어북스

화려한 민낯을
공개합니다

"
59만 구독자의 유튜브 채널,
37만 팔로워의 인스타그램 채널을 보유한 인플루언서.
"

나의 가장 큰 정체성이자 직업이다. 누군가에게는 인플루언서에 대한 인식이 좋지 않음을 잘 알고 있다. 그리고 여전히 많은 사람에게 인플루언서의 삶은 화려하고 매력적이면서 모두가 원하는 꿈처럼 보인다는 사실도 잘 안다.

매일 SNS에 올라오는 예쁘고 멋진 사진과 영상, 수많은 팔로워, 그리고 넘쳐나는 협찬과 광고 문의. 너도나도 이 완벽해 보이는 삶을 꿈꾸며 인플루언서가 되기를 원한다. 하지만 그 과정과 현실은 결코 화려하지도, 완벽하지도 않다. 그 이면에는 누구도 알 수 없는 치열함과 고충이 숨어 있다. 오히려 이룰 수 없는 완벽함을 위해 끊임없는 나와의 싸움 속에서 넘어지는 일이 흔해도 다시 일어나야 했다. 결국 완벽함이란 그동안의 시간이 겹겹이 쌓여 꾸며 낸 가면일 뿐이다.

나도 마찬가지로 올라가는 길이 그리 순탄치는 않았다. 인플루언서의 아름다워 보이는 삶 그리고 외면과 다르게 내면에서는 멈추지 않는 고민과 불안, 두려움과 전쟁을 치러야 했다. 그 힘겨운 나날 속에서 나의 내면은 망가질 대로 망가져 버렸다. 따라서 나는 인플루언서의 화려한 민낯을 꾸밈없이 보여 주려 한다.

20대에 MD로 일하던 회사에서 피팅 모델을 시작한 적이 있다. 대표님께서 한두 번 부탁하신 일이었지만, 점점 늘어 가는 부탁을 계기로 예정에도 없었던 피팅 모델을 본격적으로 시작하게 되었다. 피팅 모델을 막 시작할 당시에는 인플루언서라는 명칭조차 생소했다.

하지만 우리가 인플루언서라고 칭하지 않았을 뿐, SNS에서 영향력을 발휘하는 계정은 그때도 존재했다. 싸이월드나 페이스북에서 활동하는 사람 가운데 인기가 많은 사람을 일명 얼짱이나 페북 스타라고 불렀으니 말이다. 나는 피팅 모델로 활동하면서 그들과 협업하고, 지인 관계로 발전하면서 인플루언서의 삶을 간접적으로 경험할 수 있었다.

피팅 모델 업계 특성상 내 주변에는 SNS를 활발히 운영하며 협찬과 광고를 받는 사람도 있었다. 물론 그때는 광고 시장이 활발하지도, 단가도 지금만큼 높지도 않았다. 하지만 당시에도 SNS는 강력한 마케팅 수단의 하나였다. 지금이야 SNS 마케팅이 제품을 출시하자마자 반드시 거쳐야 할

코스로 자리 잡았지만, 그때는 필수라고까지 여기지는 않았다. 그러나 초기 브랜드를 단시간에 성장할 기회를 마련했다는 점에서, SNS를 활용한 디지털 마케팅의 효과는 과거에도 굉장했다.

싸이월드나 페이스북이 높은 인기를 구가하던 시절에도, 자기만의 개성적인 분위기와 콘텐츠로 채널을 키워 가면서 팔로워와 적극적으로 소통하던 피팅 모델이 많았다. 이와 다르게 나는 내성적이고 낯을 가리는 성격 탓에 나는 팔로워들과 교감하기가 어려웠다. 더군다나 나를 홍보하고 브랜딩하는 일마저 익숙지 않아 항상 고민에 휩싸였다.

그러던 어느 날, 내 사진 한 장이 우연히 SNS에 퍼지면서 팔로워가 급격히 증가했다. 이 일을 계기로 나는 이제야 인플루언서 시장에 본격적으로 '진입'했다고 느꼈다. 동시에 그 시장에서 살아남기 위한 새로운 고민이 줄지어 다가오기 시작했다.

그때는 체계적인 인플루언서 마케팅 시스템이 갖춰져 있지 않았고, 인플루언서를 관리하는 MCN도 한정적이었다. 브랜드에서 광고 위탁을 받아 인플루언서에게 제안하고 일정을 조율하는 마케팅 대행사는 꽤 흔한 편이었다. 그러나 인플루언서를 개별적으로 관리하는 회사는 드물었다. 따라서 나는 많은 일을 혼자 해결해야 했기에, 모든 것이 생소하고 어렵기만 했다.

지금은 협찬과 광고를 비롯한 브랜드와의 협업 이해도가 커지면서 지침이나 절차가 체계화되었지만, 당시는 그렇지 않았다. 그때는 새로운 협업 방식이나 시스템이 하나둘씩 떠오르던 시절이었다. 개인적으로 그러한 방식의 기획이 늘어나는 건 좋았지만, 사실 그 기회를 제대로 활용하지는 못했다. 머리 아프고 복잡한 일은 피하고 싶어 하면서 용기 내는 것보다 겁먹는 게 쉬웠던 나는 협업마저 잘 진행하지 않았다. 결국 그 시절은 나 하나 건사하기 바빴으므로, 활동을 강행하기는 다소 버거운 때였다.

시간이 흐르고 인플루언서 마케팅 시장이 주목받은 이래, 거듭된 성장세에 따라 인플루언서가 엄연한 직업으로 자리 잡았다. 그렇게 인플루언서 채널은 물론, 이를 전문적으로 관리하는 기획사가 많아졌다. 이 흐름을 따라 나도 예외 없이 기획사에 소속되어 인플루언서 활동을 이어 갔다.

이후부터는 SNS에서 얻은 인기를 기반으로 더 큰 수익을 창출하는 시점에 이르렀다. 인플루언서 시장에서 돈을 벌 수단과 기회가 많아진 것이다. 특히 유튜브의 급성장으로 유튜버에 도전하는 사람이 늘어났다. 유튜브의 인기는 어린 친구들까지 유튜버를 장래 희망으로 삼을 정도로 대단했다. 시대의 변화는 나를 비롯한 많은 인플루언서에게 새로운 기회가 되었다.

이미 페이스북이나 인스타그램에서 많은 팔로워를 보유하던 인플루언서는 대부분 유튜브를 시작했다. 메이크업을 좋아하던 나도 그 정보를 시청자와 공유할 수 있는 콘텐츠를 만들고 싶다는 생각을 했다. 사실 많은 분들의 권유를 받기도 했지만, 워낙 소극적인 성격 탓에 카메라 앞에 서기란 쉬운 일은 아니었다. 영상을 찍고 삭제하기를 여러 번 반복하다 시간만 흘려보내기 일쑤였다.

2019년, 비로소 나는 레드 오션이 된 유튜브 시장에 뛰어들었다. 이때 올린 첫 영상이 여전히 기억난다. 말 한마디 없이 스마트폰으로 촬영한 메이크업 영상이었는데, 운 좋게 예상 밖의 큰 호응을 얻었다. 그리고 1년도 채 되지 않은 시점에 감사하게도 30만 명이 넘는 구독자가 생겼다.

스마트폰 하나로 시작한 유튜브가 인생의 전환점이 되면서 내 삶은 완전히 달라졌다. 나는 유튜브를 운영하며 번 수익으로 카메라와 편집용 태블릿, 조명 등 각종 장비를 구매하며 영상의 퀄리티를 차근차근 높여 갔다. 그리고 더욱질 좋은 콘텐츠를 제작하고, 이를 구독자와 공유할 수 있도록 계속해서 노력했다. 콘텐츠 연구와 함께 영상을 촬영하고 편집하는 데 철야도 불사했다. 5년이라는 시간을 그렇게 달려오니 어느새 나는 59만 유튜버가 되어 있었다.

이상으로 유튜브와 인스타그램을 통해 지금의 내가 되기까지 겪은 일을 간략하게 소개했다. 하지만 화려하고 행복한 일들이 가득할 것만 같은 내 삶은 사실 누구보다 치열했다. 그리고 위태롭고 불안정했으며, 불행한 순간으로 가득했다.

SNS에서 보여 주는 내 삶은 항상 긍정적이고 화려하기만 하다. 그러나 그 껍질 속에는 끊임없는 비교와 불안감이 공존했다. 나도 언젠가는 새로운 채널, 신선한 비주얼과 콘텐츠로 대체되리라는 불안감은 하루하루를 지옥으로 몰아넣었다. 그리고 인플루언서는 평생 직업이 될 수 없다는 사람들의 말에 휘둘려 항상 불안해하기도 했다.

내 의지와 상관없이 언젠가 활동을 계속할 수 없겠다는

생각은 여전히 머릿속을 사로잡는다. 사람들에게 나를 보여주어야 하는 직업 특성상 말 한마디와 사소한 행동 하나에 전전긍긍하고, 불합리한 상황에서도 비난받을 게 두려워 당당하게 목소리를 내지 못했던 날은 셀 수도 없었다. 내 채널은 물론, 나라는 존재도 마케팅의 수단이 되었으니 협업을 원하는 사람도 늘어났다. 이뿐이라면 다행이겠지만, 슬프게도 나를 이용하려는 사람도 그만큼 많아졌다. 그 사람들이 나에게 상처를 주어도, 나는 그들에게 큰소리조차 낼 수 없었다.

유튜브를 시작한 지 1년 만에 나는 시청자들의 과분한 사랑을 받았다. 그렇게 내 안에서 더 많은 욕심이 생겨났다. 사람들은 언제나 더 좋은 콘텐츠, 새로운 자극만을 원할 거라는 생각에 따라, 나는 그에 맞게 '화려한 삶'을 꾸미고 드러내기 위해 나를 쥐어짰다. 이처럼 노력을 빙자한 자기 착취의 순간은 나를 갉아먹으면서 삶은 황폐해졌다.

가끔은 손에 쥔 것보다 더 많이 가진 사람처럼, 지금 느끼는 행복보다 더 행복하게 사는 것처럼 보이고 싶었다. 모두 나를 부러워하면서 궁금해하기를 바랐다. 당연하겠지만 내 안의 불안과 불행은 누구에게도 절대 들키고 싶지 않았다. 나는 남과 다르고, 무조건 특별해 보여야 한다는 생각 아래 나를 몰아세웠다. 지금에야 그 모든 경험이 현재의 나를 만든 주역임을 잘 알고는 있다. 그러나 그때를 생각하면 다시는 돌아가고 싶지 않을 정도로 위태로운 순간이었다.

지금의 나는 화려하고 멋진 모습에서 감추고 싶어 했던 어둡고 미숙한 모습까지 모두 받아들였다. 그리고 이를 많은 사람과 공유하며 살아가고 있다. 그 면모야말로 참된 나라는 진정성 있는 믿음이 사랑하는 팔로워분들께도 닿았으리라 생각한다.

내가 인플루언서 시장에 뛰어들기 전후로, 지금까지 정말 많은 일이 있었다. 말할 수 없이 아픈 적도 있었지만, 그만큼 행복한 날도 있었다. 길다면 길고 짧다면 짧은 시간이 겠지만, 그동안 참 많은 것들을 배우고 실감했다. 그 시간 속에는 너무 고통스럽고도 고단했던 나날, 그 어려움을 뚫고 지금의 모습으로 성장한 과정, 그리고 깨달음이 있었다.

누구나 삶 속에서 자기만의 속도로 성장하면서 자기만의 길을 걸어간다. 그리고 나뿐 아니라 모두가 각자의 짐을 짊어지고 있으며, 그 짐을 내려놓고 눈이 부시는 찬란함으로 향하는 열쇠는 희망의 한마디가 아닌 현실에 있다. 결국 나를 특별하게 만드는 사람은 그 누구도 아닌 바로 나였다. 과거 나에게 채찍질을 아끼지 않았던 내가 이 기회를 빌려 당신에게 들려주고 싶은 그 모든 이야기를 한 치의 거짓 없이 전하고자 한다.

나는 아픔과 성장의 경험을 거치며 인플루언서로서 완벽해 보이려 애쓰지 않기로 했다. 대신 진정한 내 모습을 사랑하고, 솔직하게 드러내는 것이야말로 이 길을 오래 걸어

갈 동력임을 깨달았다. 그리고 이 책을 읽으며 자신을 사랑하고 믿을 용기를 얻어 갔으면 한다. 그리고 당신의 처지를 타인과 비교하지 않고, 당신만의 길로 나아갈 계기가 되기를 바란다.

①

그땐 그게
정답인 줄 알았지

스물두 살.

나는 비교적 어리다고 할 만한 나이에 일을 시작했다. 주변 친구들은 늦은 밤까지 자유로이 술을 마시며 클럽을 종횡무진하고, 친구와 함께 여행을 떠나기도 한다. 그렇게 누군가 '청춘'으로서의 경험과 추억을 쌓아 갈 때, 나는 일로 하루하루를 치열하게 채우며 타인의 도움 없이도 열심히 사는 법을 배워야 했다.

또래 친구들이 대학 생활의 즐거움을 만끽하고 있을 때, 나는 현실적인 이유로 재학 1년 만에 휴학을 결심했다. 쉽지 않은 결심이었지만, 그때의 나는 가정 형편을 생각하지 않을 수 없었던 상황에 놓여 있었다. 학생의 신분으로 부모님께 경제적 부담을 더 드리지 않으려면 일을 해야 했다. 그렇기에 내가 걸어온 길에 대학 시절의 추억은 많지 않다. 돌이켜보면 마음의 여유를 두고 조금만 더 천천히 많은 것들을 경험하고 즐기지 못한 것이 아쉽다.

그리고 스물다섯 살.

피팅 모델로 일을 시작하면서 사람 앞에 서는 법을 배웠다. 그 과정이 쉽지는 않았다. 내가 피팅 모델로 자리를 잡아가던 당시에는 환경이 지금보다 훨씬 열악했고, 처우도 좋지 않았다. 정해진 옷차림 수에 대한 기준도 불분명했고, 노력을 정당하게 평가받기조차 어려운 분위기가 팽배했다. 환영과 함께 나의 상태를 배려해 주는 업체도 있었지만, 그렇지 않은 때도 많았다. 무리한 요구를 당당히 거절할 위치에 있지 않았던 나는 잦은 스트레스 속에서도 억울함을 감내해야 했다.

이 외에도 카메라 앞에 서야 하는 부담도 컸다. 모든 것이 낯설었던 나에게 촬영은 매번 거울에 비친 내 모습을 마주하는 시간이었다. 촬영장에서의 작은 실수 하나로 브랜드에 피해를 주지는 않을까, 업체에서 만족할 만한 결과물을 만들지 못하지는 않을까 하는 걱정에 시달리며 긴장을 놓지 못했다. 그때마다 자책이 늘어 가면서 사람들의 시선에 대한 두려움이 깊어 갔다. 그 두려움이 더 나은 모습의 나를 보여 줄 방법을 끊임없이 고민하게 하면서 성장을 이루었지만, 불안감도 그만큼 커져 갔다.

타국에서 고단하고 외로운 시간을 보낸 적도 있었다. 우리나라에서 피팅 모델로 활동하기에는 기회가 한정적이었다. 따라서 더 많은 가능성을 찾아 중국에서의 활동을 결심했다. 그러나 언어와 문화의 장벽으로 낯선 땅에서 살아남는 일은 생각보다 어려웠다. 촬영장에서 소통 문제에 미숙함을 보일 때마다 자존감이 떨어지기도 했다.

그런데도 선택의 여지는 없었다. 안정적이지 못한 피팅 모델의 직업 특성상 언제든 일이 끊길 수 있다는 불안감은 중국에서도 마찬가지였다. 그렇기에 하루하루 주어진 기회를 소중히 여기며 버텼고, 그 과정에서 나만의 생존 전략을 터득해 갔다.

그러나 피팅 모델만으로는 내게 필요한 것을 모두 충당하기 어려웠다. 경제적 불안과 심리적인 압박감이 한꺼번에 몰려올 때마다 나는 다른 일을 찾았다. 주말에도 쉴 틈 없이 일한 적도 있었다. 우리 가족은 내가 힘들게 모은 돈으로 생계를 이어 갔지만, 가치를 느낄 새도 없이 빠르게 사라졌다.

내가 그토록 힘든 일을 버텨 온 이유는 단 하나, 가족에 대한 책임감이었다. 내가 벌어온 수입은 대부분 가족을 위한 것이었기에, 나를 위해 온전히 쓸 수 있는 돈은 몇 푼 되지 않았다. 쇼핑을 하거나, 친구들과 마음 편히 외출하는 것마저 그 당시에는 사치였다.

어린 나이부터 그 모든 것을 감수하며 견뎠음에도, 그간 겪었던 힘든 시간에 대한 보상은 받지 못했다. 일에 젊은 날을 바쳐 돈을 벌었지만, 20대 후반이 되는 순간에도 내게 모인 돈은 거의 없었다. 오랜 세월 일하면서 많은 것을 쌓아 왔다고 생각했지만, 결과적으로 나에게 남은 것은 아무것도 없었다. 나를 위한 작은 여유조차 남기지 못한 현실만이 덩그러니 남아 마음을 짓누를 뿐이었다.

그동안 지나온 시간을 돌이켜볼 때마다 그저 일과 생존에 쫓겨 헐레벌떡 뛰어왔음에 무기력해지기도 했다. 무슨 일이라도 묵묵히 버티며 앞만 보고 달려온 것은 사실이었으니 말이다. 그만큼 마음 한편의 외로움과 고립감은 내 발목을 잡고 있었다.

심지어 나는 정규직 직장인도 아닌 프리랜서였다. 나의 언행 하나하나가 모두 커리어와 기회에 크나큰 영향을 주기에 마주하는 모든 사람과의 관계에도 신중해야 했다. 모델로서 일터에서 만나는 사람 또한 대부분이 경쟁자였다. 그들은 나와 같은 기회를 노리고 있었으며, 결국 소수에게만 허락된 자리를 위해 서로를 의식해야만 했다.

결국 그 사람들과 친하게 지내고 싶어도 내 안전을 위해 타인과 일정한 거리를 두어야 했다. 이러한 상황 속에서 만들어 낸 경계는 그들과 나를 친구와 경쟁자 사이의 미지근

한 관계로 정의했다. 그렇게 내 곁에 진심을 나눌 사람, 신뢰할 만한 사람이 점점 줄어들면서 친밀한 관계를 만들 수 없는 외로움에 괴로워했다.

불규칙한 수입이 주는 불안함도 나를 끊임없이 압박했다. 몇 년을 열심히 일해도 늘 재정적으로 불안정하기는 마찬가지였으며, 달마다 일정한 보수를 받는 친구들을 볼 때마다 초라해지기도 했다. 실제로 나는 유튜브를 시작한 서른한 살이 되기 전까지 모은 돈은 0원에 가까웠다. 온전히 나를 위한 소비란 불가능했기에, 사치를 부리거나 경제 관념이 부족하기 때문은 아니었다.

나와 다르게 친구들은 회사를 다니며 안정적으로 생활하고 있었다. 친구와 대화를 나눌 때, 나도 직장인이었다면 삶이 더 안정적이지는 않았을까 하는 생각이 종종 들었다. 그때는 이른 나이에 일을 시작한 나보다 뒤늦게 시작한 친구들이 나를 앞질러 간다는 생각이 들 때면 불안은 더욱 커져 갔다. 더 나은 미래가 보이지 않는다는 생각에 지레 겁먹으며 나를 불행에 가두기 바빴던 적도 있었다.

그렇지만 나는 스스로 선택한 길을 떠올리며 늘 그 자리에 머물렀다. 주변에서는 나의 직업과 일에 부러움을 표하며 찬양을 아끼지 않았다. 그런데도 나는 마음속으로 그저 불안정한 직업에 사로잡힌 사람에 지나지 않는다는 생각으로 일관했다.

마음이 복잡하던 차에 운이 좋게도 개설한 유튜브 채널이 급물살을 타면서, 예전에는 감히 상상도 못 했던 수익이 생기기 시작했다. 나를 위한 보상은 물론, 돈도 조금씩이나마 모을 수 있게 됐다. 1년 만에 30만 구독자가 내 채널을 찾아와 준 건 정말이지 운이 좋았다고밖에 생각할 길이 없다. 정말 행복하고 감사한 순간이었다.

그러나 빠르게 성장한 만큼 어려움도 많았다. 당시 나는 유튜브 시장에 대한 이해가 부족한 상황에서 채널이 커졌다. 따라서 초반에 조금씩 배우며 갖춰 나가야 하는 수많은 요소를 놓쳐 왔다. 광고 진행과 영상 업로드에만 급급한 나머지 채널을 세부적으로 꾸려 나가는 방법은 알지 못했다.

느리지만 꾸준한 속도로 채널을 키운 분들은 더 많은 공부와 연구로 유튜브 알고리즘과 목표 시청자를 전문가급으로 파악하는 데 능했지만, 나는 그렇지 않았다. 스스로 채널을 들여다보고 살펴보기의 중요성을 몰랐기에 중간에 기나긴 정체기를 겪었다. 그렇게 나는 늦게나마 남보다 배로 노력해야 했다. 이미 하락세에 있는 채널을 다시 성장시킬 방법을 필사적으로 궁리했다.

유튜브를 처음 시작할 때만 해도 영상 하나를 촬영하고 편집하는 데 생각보다 많은 시간이 들어간다는 사실을 알지 못했다. 그냥 컷 편집에 자막 추가가 다라고 생각했기에 영상 작업은 쉽게 끝날 거라고 생각했다. 그런데 편집이 손에 익은 지금도 영상 하나를 촬영하는 데만 3~4시간이 걸리고, 편집은 3일이 꼬박 걸린다.

대단한 편집 기능을 사용하는 것이 아닌데도 컷 편집을 하려면 영상을 처음부터 끝까지 다 봐야 하고, 자막 추가 작업에만 정말 많은 시간이 걸린다. 개인적으로 직장을 다니며 유튜브 채널을 꾸준히 운영하시는 분들을 정말 존경한다. 지금은 평일에 직장을 다니면서 남는 시간과 주말에 촬영 및 편집을 하려면 매일 쉴 틈 없이 일만 해야 한다는 사실을 너무 잘 알기 때문이다.

유튜브에 주 1회로 롱 폼 영상 및 쇼트 폼 영상과 사진을 모두 업로드하려면, 일반적으로 직장인이 평일 내내 일하는 만큼의 시간을 투자해야 한다. 가끔은 주말도 없이 일주일 내내 쉬지 않고 일할 때도 있다. 그런데 인스타그램과 틱톡처럼 이미지와 쇼트 폼 영상이 중심을 이루는 플랫폼에서는 가능한 한 많은 양의 영상을 날마다 업로드해야 알고리즘이 더 많은 이용자에게 콘텐츠를 추천한다. 문자 그대로 이 일은 콘텐츠를 얼마나 열심히, 꾸준히 업로드하느냐가 관건이기에 쉴 때조차 마음 한구석이 초조했다. 게다가 피팅 모델과 마찬가지로 유튜버도 프리랜서라는 점에서 빠르게 성장한 만큼 추락도 쉽다는 생각으로 항상 불안에 떨었다.

뛰어난 메이크업 실력,

패션 센스,

미적 감각,

유머와 재치,

재미있는 일상 이야기 등.

인플루언서에게는 매력적인 콘텐츠 요소도 중요하지만, 그보다 핵심이 되는 것은 바로 성실함과 꾸준함이라고 생각한다. 나와의 싸움에서 항상 이기며, 스스로 모든 일을 해내야 한다. 가끔은 끝이 없는 경주 같다는 생각이 들기도 한다. 조금이라도 속도를 늦추면 금방 따라잡힐 것 같아 한순간도 긴장의 끈을 놓아서도 안 되었고, 죽을 듯 뛰어도 결승선은 보이지 않기 때문이었다. 지치지 않으려면 체력을 아껴야 한다는 것을 잘 알고는 있지만, 방법을 몰랐다.

나는 어디를 가도, 무엇을 먹어도 항상 스마트폰과 카메라 렌즈 속에 산다. 가족이나 친구와 있을 때도 서로의 이야기보다 그 순간을 담는 데 정신이 팔려 있다. 그때마다 부담감으로 상황을 온전히 즐기지 못해 아쉬운 마음도 크다. 나는 가장 예쁜 순간을 최대한 많이 담아 내기 위해 매 순간이 조급했다.

가끔 번아웃이 왔을 때는 아무것도 하고 싶지 않았다. 그런데도 식사를 할 때 사진을 찍고, 카페를 가더라도 영상을 촬영하여 사람들에게 소개해야 할 것 같은 압박감을 쉽게 떨쳐 버리지 못했다. 그렇게 아무것도 하지 않고 집에서만 지내는 날이 꽤 많았다.

내가 하는 일이 모두 나보다는 콘텐츠를 위한 것 같다는 생각도 들었다. 가끔은 카메라 속 화면만 들여다보는 탓에 나의 시선으로 만들어진 콘텐츠임에도 눈으로 직접 본 듯한 생생함이 없었다. 몇 년이 지나도 해결할 수 없는 딜레마였다. 심할 때는 1년 365일, 하루 24시간 내내 누군가 내 일상을 지켜보는 느낌마저 들었다. 잠드는 시간에조차 편하게 잘 수 없을 정도였다. 내 일상의 모든 것이 콘텐츠가 되고, 일이 되면서 일과 일상의 분리가 어려워졌다.

모든 인플루언서의 숙명이겠지만, 일과 일상의 경계가 무너지기 시작하면 나보다 '내 일'과 '콘텐츠'를 위한 삶을 살아간다. 그런 삶은 나를 보는 사람과 나까지 속이는 '가짜의 삶'으로 탈바꿈한다. 나이지만 내가 아닌 듯함을 느끼는 것이다.

그동안 나는 살면서 쉽게 얻은 것은 단 하나도 없었다고 생각한다. 나뿐 아니라 누구나 그럴 것이다. 사랑도 마찬가지였다. 연애에서도 쉽게 다가가고 의지할 수 있는 사람을 만나기란 역시 어려웠다. 어린 나이부터 힘들게 일했으니, 나를 진심으로 이해하고 지지해 줄 사람을 만나는 일이 쉽지 않았다.

그동안 남자친구의 배신을 두 번 연달아 경험했을 때는 나를 의심하기도 했다. 내가 좋은 사람이었다면, 그리고 더 나은 연애를 할 자격이 있었다면 그런 일은 일어나지 않았을 것이라며 자책했다. 그렇게 몇 번의 상처를 겪으니 타인을 깊이 신뢰하기가 어려워졌다.

그렇게 언제부터인가 나는 모든 것을 다 내려놓고 싶을 정도로 지쳐 버리기도 했다. 세상에 쉬운 일은 하나도 없고, 나를 기다리는 것도 불확실함뿐이라는 생각에 파묻혔다. 그렇지만 나는 포기하지 않았다. 과거의 어려움 속에서 얻은 것들은 지금의 나를 지키는 강인함과 인내심이 되었다. 쉽지 않은 과정이었지만, 그 시간은 나를 단단하게 지탱하는 가장 큰 자산이다.

나는 우정과 사랑, 일과 돈에 이르기까지 쉽게 손에 쥔 것은 하나도 없었다. 지금에 들어서야 이 문제가 나만이 아닌 모든 이에게 불가피한 일임을 잘 안다. 그저 운이 좋아 쉽게 얻은 것이라도 훗날 감당할 책임이 그만큼 커지기도 한

다. 마찬가지로 누군가 무언가를 쉽게 누리는 모습도 상당
한 대가를 치른 결과일 것이다.

피사체의 시간

피팅 모델은 대학생 시절 아르바이트로 시작했다. 처음부터 본격적인 직업으로 생각하고 한 일은 아니었지만, 그동안 경험하며 보고 배운 것들은 쇼핑몰 운영자로 나아가는 발판이 되어 주었다. 온라인 쇼핑몰을 운영하던 3년 남짓의 시간을 돌이켜보면, 일이 정말 잘되던 때도 있었다. 그러나 완벽히 준비되지 않은 채 시작한 사업이기도 했고, 여러 이유도 겹치면서 장기적인 운영에 어려움이 있다는 판단이 서면서 쇼핑몰도 그만두었다.

　이후에는 주얼리 디자인 프로그램을 배우며 다른 길을 준비하고 있었다. 이때 규모가 꽤 큰 쇼핑몰 대표님께서 싸이월드로 연락을 주셨다. 쇼핑몰에서 MD를 해보지 않겠냐는 제안이었다. 당시 나의 수입은 100만 원이었는데, 쇼핑몰 대표님께서는 160만 원의 급여를 제안하셨다. 나는 그 제안을 고민 없이 수락했다.

　피팅 모델의 길은 그때부터 시작되었다. 이유는 단순했다. 대표님께서 주 1회 모델 촬영을 하면 월급을 180만원으로 올려 주겠다는 말씀 때문이었다. 그렇게 내 인생에서 예정에도 없는 피팅 모델로서 삶의 막이 올랐다. 직장 생활을 계속하던 중, 관련 직종에 종사하는 지인들이 정식 피팅 모델로 활동한다면 건당 촬영 단가가 높아져 더 많은 돈을 벌 수 있다고 말했다. 나는 지인들의 조언을 받아들인 끝에 스물다섯에 퇴사한 뒤, 본격적인 피팅 모델 활동을 시작했다.

　그러나 피팅 모델은 이미지 소비가 크기에 여러 쇼핑몰에서 일하기 쉽지 않은 데다 직업 수명도 짧은 편이다. 그렇게 일거리가 점점 줄어들던 차에 중국에서 활동하면 돈을 많이 벌 수 있다는 이야기를 들었다. 그때는 중국 진출을 작정했지만, 별다른 준비는 딱히 하지 않은 상태였다. 하지만 공교롭게도 내 인스타그램 페이지를 본 담당자분에게서 중국에서 피팅 모델로 활동하겠느냐는 제안을 받았다. 그 제안을 수락한 나는 스물일곱 번째 해가 끝나 가던 날에 항저우로 발걸음을 옮겼다.

소통의 어려움이 없지는 않았지만, 열여섯에 유학을 다녀온 경험 덕분인지 나의 중국 생활은 다른 사람에 비하면 덜한 편이었다. 그런데 입에 맞는 음식이 없어 식사를 제대로 하지 못하는 나날이 이어져 많이 힘들었다. 이처럼 생활에서 큰 비중을 차지하는 언어나 먹거리도 나름 스트레스였지만, 나를 가장 고달프게 한 문제는 따로 있었다.

물론 그 문제가 문화의 차이인지, 업계의 관행 때문인지는 단정 지을 수 없지만, 중국에서 협업한 사람과 업체 대부분이 상대방의 시간에 대한 배려가 많이 부족했다. 촬영 시작 시간이 오전 10시임에도 11시에 오는 것은 기본이고, 심지어 2시간이 넘도록 늦어도 사과 한마디 없었다. 그들은 지각에 따른 촬영 시간 지연에도 내가 기다려야 하는 것을 당연하게 여겼다.

그리고 피팅 모델의 급여는 일반적으로 촬영한 시간에 비례한다. 그러나 8시간을 촬영 현장에 있었음에도 4시간분의 시급을 받는 일이 다반사였다. 심지어 일방적인 촬영 취소도 빈번했지만, 환경상 그 부당함에도 목소리를 낼 수 없었다.

시급제로 운용되는 피팅 모델의 특성상 정해진 시간 안에 빠르게 촬영을 해야 하는 일이 많았다. 이런 이유에서인지 업체 측에서 시간을 절약하려고 탈의실 출입을 막기까지 했다. 대신 탑과 속바지를 착용하여 사람들 앞에서 옷을 갈아입도록 지시했다. 중국 진출 초반에 가장 수치스러우면서 견딜 수 없을 정도로 힘든 경험이었다.

또한 내가 중국의 문화와 피팅 모델 업계를 잘 모른다는 점을 악용한 악덕 업체와 일한 적도 있었다. 그 업체와는 중국에서 활동하던 시절에 처음 진행한 일로, 비키니와 의류 촬영이었다. 비키니 촬영은 일반 의류와 단가가 다른데도 업체 측에서는 나에게 일반 의류와 같은 금액을 지급했다. 게다가 비행기로 4시간이나 걸리는 거리임에도 10시간을 촬영

해야 했고, 식사 시간조차 주지 않았다.

그뿐 아니라 셀프 카메라 촬영 보수도 받지 못했다. 그리고 한국으로 출국할 때도 공항에서까지 촬영이 이어지는 바람에 비행기를 놓칠 뻔한 적도 있었다. 그 사건은 아직도 계속해서 나를 괴롭히는 트라우마가 되고 말았다. 그날의 일을 계기로 나는 중국에서만큼은 피팅 모델을 하지 않겠다고 다짐했다.

하지만 중국 생활에서 불행만 있는 것은 아니었다. 그때 번 돈으로 어머니께 새 텔레비전을 사 드릴 수 있었다. 어머니께서 기뻐하시는 모습에 큰 행복을 느꼈던 순간이 여전히 생생하게 기억난다.

시간이 지나고 다시 담당자분에게서 태국에서 중국 업체의 의류를 촬영해 보자는 연락을 받았다. 중국 업체와의 촬영은 힘들었지만, 그 뒤에 느낀 행복이 컸기에 치앙마이에서 다시 일을 시작했다. 그 인연으로 그분과 중국에서도 계속 함께 일하게 되었다. 그런데 일을 하려면 중국과 한국을 격주로 오가야 했는데, 중국에서 보내는 일주일은 정말이지 길게만 느껴졌다. 배는 고픈데 입에 맞는 음식도 없고, 외로도 큰 탓에 숙소에 누워 하루하루를 눈물로 보냈다.

비행기를 타고 한국과 중국을 오가는 것도 에너지 소비가 커서 도착만 해도 힘이 빠진다. 그럼에도 일을 해서 돈을 벌 수 있음에 감사했다. 그리고 좋은 업체와 함께 우리나라에서 온 모델 친구들도 만나 기숙사에 함께 지내면서 좋은 추억도 많이 만들었다. 물론 협업도 어렵고 까다롭기까지 한 업체도 많았지만, 배려와 호의를 베풀어 주시는 분들도 있었기에 그동안의 시간은 나에게 행복한 기억으로 남아 있다.

완벽한 도전

피팅 모델,

그리고 쇼핑몰.

그 경험 덕에 옷에 관심이 많아 다양한 옷차림을 시도
해 보는 것도 즐기곤 한다. 하지만 패션 관련 직종에 몸담은
시간이 길어서였을까. 옷만큼이나 메이크업에도 관심이 많
아서였을까. 옷보다 메이크업을 향한 관심이 커지면서 메이

크업의 세계에 새로움을 느끼기까지 했다.

유튜브를 처음 시작할 당시, 패션보다는 뷰티 유튜버의 비중이 더 높았다. 따라서 초기 진입 장벽도 나에게는 그렇게 높지 않아 보였다. 그렇게 내 채널의 메인 콘텐츠는 자연스럽게 메이크업으로 자리 잡았다.

그런데 문제가 있었다. 뷰티 유튜버의 수만큼 아름다운 외모와 출중한 실력을 내세우는 채널도 많다는 점이었다. 시청자들은 인스타그램에 사진만 올리던 내가 영상 속에서 말을 하고 메이크업을 하는 모습이 담긴 콘텐츠를 마냥 신선하게 바라보았다. 하지만 그 신선함도 시간의 흐름 앞에 한순간일 뿐임은 이미 예견된 일이었다.

짧은 시간에도 수많은 분의 관심 덕에 채널은 급성장했다. 영상을 올릴 때마다 높은 조회 수를 기록하면서 구독자 수도 빠르게 올라갔다. 자연스럽게 여러 브랜드 관계자와의 소통 기회를 얻으면서 수많은 협업 제안도 받았다. 하지만 나는 채널의 브랜딩, 목표 구독자층과 콘셉트를 고려하지 않은 채로 유튜브에 뛰어들었다. 더군다나 짧은 시간에 급성장한 채널이기에 시청자층을 정확하게 파악하기도 어려웠다.

누가 내 영상을 보고,

내 콘텐츠의 어떤 특징을 좋아하며,

그렇지 않은 점은 무엇인지,

그리고 내가 만든 콘텐츠에서 무얼 얻기를 바라는지.

그때는 전혀 알지 못했다. 심지어 구독자 수와 영상 조회 수가 비슷한 다른 유튜버에 비해 영상의 질도 떨어졌다. 그러니 초반보다 조회 수가 잘 나오지 않거나, 구독자 수가 증가하는 속도가 더디거나 아니면 협업 제안이 줄어들지는 않을까 하는 생각이 불안이 되어 마음속을 뒤덮어 왔다.

그때마다 나는 좋은 콘텐츠를 만들고 싶은 마음에 다른 분들이 제작한 영상을 찾아서 보기 시작했다. 타인과 나의 끊임없는 비교는 바로 그때부터 시작되었다. 처음에는 비교의 대상이 콘텐츠 하나뿐이었지만, 머지않아 외모와 목소리, 말투 등 나에 관한 요소로까지 뻗어 갔다.

모든 콘텐츠 크리에이터가 그렇지만, 뷰티 유튜버는 특히 영상과 콘텐츠를 제작할 때 초점이 얼굴에 집중된다. 그러므로 외모를 계속 신경 쓰면서 관리해야 한다. 영상을 올리기만 하면 대부분 외모 얘기를 하는 댓글이 쌓여 간다. 누구라도 운을 떼는 순간, 평소에 보이지 않았던 부분까지 콤플렉스가 되면서 내게 부족한 부분을 끊임없이 찾으려 한다. 더 예쁘게 보이고 싶은 마음에 하루에 한 끼만 먹는 등 매일이 관리의 연속이었다.

과거에는 다른 사람과의 비교를 멈추지 못하면서도 모든 이의 말 한마디에도 상처받았다. 물론 지금도 외모에 대한 고민과 강박은 여전하지만, 예전만큼은 아니다. 다이어트를 하더라도 무작정 굶지 않고, 내게 없거나 부족한 것만을 파고들기보다는 나만의 특징과 함께 내가 잘하는 것을 강조하면서 그 점을 더욱 많이 보여 줄 수 있도록 노력하고 있다.

내가 피팅 모델로서 본격적으로 활동하던 때, 학생 시절부터 일을 시작한 분들도 있었다. 그 사람들에 비해 나는 피팅 모델을 비롯해 해외 진출도, 유튜브도 조금 늦게 시작한 편이다. 그러나 내가 늦었다는 이유로 아무것도 시작하지 않았다면 지금의 나는 없었을 것이다.

그런 이유로 차별 대우 또는 무시를 당하거나, 크나큰

시행착오를 겪은 적은 없다. 굳이 하나를 말해야 한다면, 나의 불안을 이겨 내는 것이다. 일을 시작할 때, 아니면 툴툴 털고 일어나야 할 때임에도 '때는 이미 늦었어.'라거나 '난 틀렸어.'라고 생각하는 사람들이 많음을 잘 알고 있다.

그렇지만 시작이 없다면 변화도 없다. 하물며 나도, 그 누구도 미래를 확정할 수는 없다. 그럼에도 누군가 우리의 미래와 결단에 한 마디씩 거들며 도전하기를 뜯어말려도 모두 뿌리치고 시작했으면 한다. 세상의 모든 시작은 우리가 준비될 때까지 기다리지 않으며, 우리 앞에 준비를 마치고 찾아오지 않는 법이다. '완벽히 준비된 시작'이란 어쩌면 우리의 마음속에만 존재하는 허구의 개념은 아닐까.

일주일,

한 달,

일 년,

어쩌면 그 이상의 시간.

그렇게 수많은 날을 흘려보내듯 미뤄 왔으니 지금 시작

하기에는 늦어 버렸다며 체념하는 사람도 많음을 알고 있다. 내가 유튜브를 갓 시작하던 시절에도 그랬다. 나는 1년이 지나면 그때의 내가 당시의 나를 원망하면서 과거의 결정을 후회할 것 같은 마음에 유튜브를 반드시 시작하고야 말리라는 결심을 세웠다.

당장 너무 늦어 보여도 오늘은 내일보다 빠르다. 그리고 지금은 앞으로 다가올 모든 순간보다 빠르다. 현재는 결국 찰나의 시간이며, 순식간에 과거 속으로 흘러가 버린다.

지금까지 여러 고민과 두려움, 불안에 시달려 무언가를 시작할 엄두조차 내지 못한 일이 누구에게나 하나쯤은 있을 것이다. 그러나 수많은 오늘이 과거로 버려지기 전에 바로 도전한다면 좋겠다. 원하던 결과가 눈앞으로 다가오지 않거나, 커다란 도약이 아닌 작은 발걸음 정도의 성취뿐이라도 결심은 언젠가 큰 결실이 맺히는 토양이 되어 줄 것이다.

우리는 모두 불완전한 존재이다. 그렇더라도 절망하지 않기를 바란다. 도전하는 사람 가운데 완벽한 이는 없다. 이처럼 불완전한 존재가 완전한 결심으로 나아가는 일의 연속이 곧 우리의 인생이지 않을까. 실패를 무릅쓰고 도전을 멈

추지 않는 사람들을 보고 있으면, 우리에게 잠시나마 완전

함을 누리게 하는 때는 바로 시작을 결심하는 순간이라는

생각이 드니 말이다.

실패와 불운의 역설

인생이 내 마음대로, 원하는 대로만 흘러간다면 얼마나 좋을까. 하지만 현실은 종종 우리의 기대를 저버리고 좌절감만 남긴 채 우리 곁을 스치듯 떠나 버리기도 한다. 당연한 말이겠지만, 인생은 생각보다 복잡하다. 그리고 그 길에는 우리가 예상할 수 없는 장애물이 가득하다. 가끔 장애물에 발이 걸려 넘어질 때도 있지만, 이 과정은 역설적으로 우리를 성장시키는 중요한 계기가 되기도 한다.

누군가는 내 인생이 봄날의 벚꽃처럼 아름답고 행복한 일만 가득하리라고 생각하겠지만, 결코 그렇지 않다. 오히려 내 과거는 무너졌으며, 아프고 불행한 순간으로 채워졌다. 그동안 굴곡이 큰 길을 걸어온 탓인지 지난날에 경험한 행복과 불행의 격차는 극단적이었다. 롤러코스터를 타기라도 한 듯, 심장이 날마다 하늘 높이 솟구치다가도 땅에 곤두박질치는 느낌이었다.

살면서 간절히 바라던 것들은 마치 나를 놀리기라도 하는지 손에 닿을 듯 말 듯 좀처럼 찾아오지 않았다. 그렇기에 나는 항상 남보다 몇 배는 노력해야 그나마 비슷한 결과를 얻을 수 있었다. 시험을 볼 때 평소 실력의 반도 안 되는 성적을 받을 때가 많았고, 자신 있는 과목조차 예상 밖의 말도 안 되는 점수에 주저앉은 적도 있었다. 그때마다 "노력은 배신하지 않는다."라는 말을 의심했다. 그리고 그 의심은 곧 나를 '노력으로도 안 되는 사람'이라 정의했다.

그 뒤로 사소한 일을 시도할 때조차 '이번에도 안 되겠지.'라는 생각에 주저했다. 무슨 일을 시작하더라도 늘 불안과 걱정이 가득했다. 나를 믿어 보자고 다짐하면서도 마음속에서는 '혹시나', '설마'라는 말로 시작하는 부정적인 생각이 스멀스멀 올라오기 일쑤었다. 그리고 그 생각은 언제나 예상 가능한 최악의 결과를 불러왔다. 이런 일을 계속해서 겪으니, 나는 그 어떤 것도 운으로 얻어 낸 것은 없다고 믿었다.

그때의 경험으로 나는 스스로 운이 나쁜 사람이라 여겼다. 주변을 둘러보면 유독 운이 좋지 않아 보이거나, 스스로 불운하다고 생각하는 사람이 한 명씩은 있기 마련이다. 내가 바로 그런 사람이었다. 주변 사람조차 나를 운이 따르지 않는 사람이라고 말한다. 놀러 가는 날마다 비를 몰고 다니고, 가는 날이 장날이라고 그날따라 찾아가는 식당이나 카페가 휴업 중인 것처럼 나는 사소한 불운이 일상인 사람이었다. 무슨 일을 준비하더라도 연습한 나날이나 본래 실력보다 못한 결과만 보는 것 같았다. 그리고 영화에서나 볼 법한 예상 밖의 불운이 나만 따라다니는 듯했다.

사소한 불행이 일어날수록, 나는 운이 나쁘고 불행하다는 믿음의 덩치를 크게 부풀리면서 부정적인 에너지가 나를 에워쌌다. 생각이 현실이 된 셈이다. 누구나 실패와 좌절을 겪는다고 하지만, 그때의 힘듦은 남보다 더 특별하고 크게

만 느껴졌다. 그 생각은 나를 '운이 가장 나쁜 사람'이라는 잘못된 믿음의 늪으로 떠밀었다.

　사람으로 태어난 이상 누구나 일상에서 크고 작은 실패를 경험한다. 이처럼 실패의 범위는 시험, 대학 입시, 취직, 결혼처럼 인생의 중대사뿐 아니라 출근길에 차가 고장 나거나, 중요한 회의에서 실수하는 것 또는 가까운 사람과의 사소한 오해까지를 포괄한다. 실패의 순간이 계속될 때, 우리는 그 상황을 운이나 자신의 탓으로 여기곤 한다. 그러나 한 번의 작은 실패를 자신의 전부처럼 여기지 않아야 한다. 그저 누구에게나 일어날 수 있는 크고 작은 사건들을 경험했을 뿐, 우리가 실패한 사람은 아님을 기억해야 한다.

　내가 겪었던 실패도 돌아보면 특별할 것이 없었다. 하지만 그때는 실패의 사건이 왜 그리 커 보였으며, 누구도 겪지 않았을 일이라고 믿었을까. 이제는 나를 눈물 흘리게 하던 그 많은 일이 나를 한층 성장하게 했음을 안다. 그 시절의 경험이 나를 더욱 성숙한 사람으로 이끌어 삶을 계획적으로 살아가고, 아는 것이라도 한 번 더 확인해 실수하지 않는 꼼꼼함을 만들어 주었다. 그리고 무엇이든 포기하지 않는 끈기와 더불어 이루고자 하는 일에 온 열정을 다하는 의지도 주었다.

실패를 바라보는 우리의 관점에 따라 그것이 단순한 좌절로 끝나거나 더 나은 결과를 위한 디딤돌이 되기도 한다. 나 역시 그때의 경험을 재도약의 발판으로 삼기까지 많은 시간이 걸렸다. 처음에는 실패라면 무조건 나를 향한 부정적인 신호로만 느껴졌다. 나에게 문제가 있으니 일이 잘 풀리지 않는다고 생각했고, 그 생각은 결국 내가 무언가를 시도하기 전부터 도전을 가로막는 걸림돌이 되었다. 따라서 나는 매사에 자신감이 없었고, 불안이 지나쳐 회피하고 싶어 했다. 그 탓에 나에게 다가오는 좋은 기회를 놓치기도 했다.

누구든 살다 보면 돈을 잃거나, 믿었던 사람에게 실망하거나, 예상치 못한 장애물에 부딪힌다. 실패는 사람을 나약하게 만든다고 하지만, 성장의 계기를 마련하는 값진 경험이기도 하다. 그 경험 속에서 배울 점을 찾아내는 것이 관건이다.

살면서 평소에도 쉽게 해내던 일조차 뜻대로 되지 않고, 유독 모든 일이 하루 내내 꼬인 듯한 날이 있다. 머릿속이 복잡해지고, 숨이 막힐 듯 가빠지는 기분에 차마 울 수조차 없었던 나날은 누구에게나 찾아온다. 그러나 이 또한 언젠가는 지나간다. 모두에게 일어날 법한 작은 실패의 순간이나 우연찮은 일도 '나라서' 일어난다는 생각은 자신을 더욱 불행하고 비참하게 할 뿐이다.

누구나 실패를 두려워한다. 그리고 실패가 휩쓸고 지나간 흔적에 좌절하기도 한다. 그러나 시간이 지나면 그 경험이 인생의 자양분이 되었음을 깨닫게 된다. 그때는 아픔에 집중하느라 이해하지 못했던 의미를 시간의 흐름 속에 수긍하기 시작한다. 실패는 누구에게나 공평하게 찾아오며, 그것을 어떻게 받아들이고 극복하느냐에 따라 우리의 인생은 달라진다.

지금까지 겪어 왔던 어려움과 실패는 모두 현재의 내 모습을 만들었다. 운이 나쁜 사람이라며 자조했던 과거의 모습, 내게만 모든 불운이 집중된다고 믿었던 모습 역시 지금의 나로 성장하게 한 핵심이었다. 인생은 우리의 예상대로 흘러가지 않을 때가 더 많다. 하지만 그 과정에서 얻은 교훈과 성장은 무엇과도 바꿀 수 없는 소중한 자산이다.

이 글이 당신에게 "나만 힘든 게 아니구나."라는 위로가 되었으면 한다. 그리고 지금의 어려움이 언젠가는 가장 아름다운 순간을 싹틔울 씨앗임을 믿어 준다면 좋겠다. 원하는 대로 흘러가지 않아도, 인생은 여전히 아름답고 소중하니까.

여명이 드리우고 나서야

삶은 예상치 못한 방향으로 흘러간다. 하늘을 나는 듯 행복하고 벅찰 때도 있지만, 아프고 무너지는 순간도 그만큼 많다. 특히 그 시기에는 끝이 보이지 않는 어둠 속에 갇힌 듯한 절망감에 사로잡히기 쉽다. 이처럼 희망을 기대하기 어려운 상황이라도 끝은 있고, 길고 구불거리는 터널에도 밝은 빛은 언제나 우리를 기다린다. 어둠이 깊을수록 훗날에 맞이할 풍경은 더욱 눈부실 것이다.

우리는 한 번쯤 깊은 좌절을 경험한다. 오래 준비한 시험에 떨어졌을 때, 나보다 더 사랑했던 소중한 사람과 이별했을 때, 예상치 못한 해고 통보를 받았을 때도 말이다. 이런 순간에는 모든 것이 부정당하는 기분이 들기 마련이지만, 그 경험은 역설적으로 우리를 더욱 단단하고 성숙하게 하는 기회이기도 하다.

내 인생의 전환점도 매번 실패와 좌절에서 시작되었다. 그렇기에 나는 비참하고 냉혹한 현실이 내일을 더 아름답게 만들어 준다는 뜻의 '실패는 성공의 어머니'라는 말을 진심으로 믿는다. 물론 이를 실감하기까지는 많은 시간과 노력이 필요했다.

대학생 시절, 나는 집안의 가장이 되었다. 아버지의 사업 실패로 쌓인 6억의 빚은 어린 나에게 가혹한 무게였다. 그 무게는 남보다 뒤처지고 있다는 불안감이 되어 나를 짓눌렀다. 그 시절의 막중한 책임감과 절망감은 마음 여린 나를 몰아세웠다.

그러나 나는 쉬지 않고 치열하게 살면서 단단해져 갔다. 내 청춘은 추억을 쌓으면서 캠퍼스 생활을 즐기는 친구를 부러워하며 일터를 전전하는 것으로 시작했다. 시간이 흘러 낯선 타국에서 일하며 부당한 대우를 받아도 언어를 모르는 탓에 말 한마디 못 하던 날도 있었다. 고단함과 외로움을 달래기 위한 노력과 희생으로 눌러 담은 그 시절이 없었다면, 지금의 나도 존재하지 않았을 것이다.

한창 즐길 나이대에 나의 나날은 진열과 전시의 순간으로 채워졌다. 의무처럼 주어진 역할을 묵묵히 수행하듯 카메라 앞에 포즈를 취하면서 쌓인 사진들은 나의 20대를 장식했다. 피팅 모델 시절 촬영한 사진은 세상의 행복과 맞바꾼 대가이자 지금의 내 모습을 만들어 주었다. 그동안 포기한 것도 많았지만, 그 덕에 SNS를 운영하면서 인플루언서, 나아가 유튜버로 활동하는 기반을 다질 수 있었다.

갑작스럽게 기운 집안 형편,

원치 않았던 휴학,

이른 나이에 시작한 일.

20대를 지나오면서 겪은 사건이 하나라도 달라졌다면,

지금의 나는 없었을 것이다. 그동안 치열하게 살면서 힘들 때가 많았지만, 그 모든 과정이 지금의 나를 만들었다. 그동안에도 마음 한편에는 항상 막연한 불안이 자리했다. 미래가 보장되지 않았기 때문이다. 그 불안이 나를 더욱 치열하게 살도록 했고, 매 순간 조금이라도 발전하기 위해 자기 계발과 노력을 습관화했다. 이 습관은 유튜버로 활동하는 지금도 내게 큰 힘이 되고 있다.

20대 초반의 나는 그저 가족과 나를 위해 일하며 소소한 행복을 꿈꿨다. 대단한 것을 바란 적은 없었다. 무탈함 속에서 작은 행복을 누리며 평범하게 사는 것, 그것이 내가 그리던 미래였다. 그 하나만을 위해 치열하게 달려왔다.

그러나 삶은 예상과 다르게 흘러갔다. 지금은 수많은 기회 속에서 많은 이들에게 주목받으며 살아가고 있으니 말이다. 만약 누군가 과거의 나에게 "네가 59만 유튜버가 되고, 단 몇 주 만에 1년치 수입을 벌 수 있을 거야."라고 말한다면 믿지 않았을 것이다. 누가 감히 상상이나 했을까.

그런 시절이 있었기에 나는 지금의 삶을 소중하게 여기고, 사소함에서도 행복을 찾는 사람으로 자라날 수 있었다.

가끔은 타인을 부러워하면서 가진 것보다 더 많은 것을 바라기도 하지만, 사랑하는 이를 위해 무언가를 베풀 수 있는 지금에 더욱 감사한다. 힘들었던 시간이 지나가고 나니, 내게 다가온 행복의 의미가 깊어지면서 가족과 친구와 함께하는 순간이 소중해졌다. 이처럼 소중한 사람을 위해 건네는 따뜻함은 나에게 큰 행복이 되었다.

나는 삶에서 일어나는 모든 일에는 그만한 이유가 있다고 믿는다. 눈물 나게 힘들었던 나날도 결국은 나를 성장으로 이끄는 길이었으니 말이다. 어둠에 둘러싸인 시간이 있었기에 지금의 찬란함을 누리는 것이라 믿는다. 간밤의 어둠에 가려 절망이라 생각했던 것들이 다음날 해가 뜨고 나서 돌아보았을 때 새로운 희망으로 향하는 길이었음을 깨닫는 것처럼.

실패와 좌절은 누구나 겪는다. 하지만 그것만이 끝은 아니며, 또 다른 성장의 시작임을 깨닫는 데는 꽤 오랜 시간이 걸린다. 이처럼 수많은 유명인도 수십 번, 수백 번 거듭된 실패와 고난 끝에 지금의 자리에 도달했다.

좋은 일이든, 나쁜 일이든 삶이 우리에게 내리는 경험

은 모두 미래의 나를 위한 자양분이 된다. 그 경험을 어떻게 받아들이고 활용하느냐는 오로지 우리에게 달렸다. 그리고 우리의 결정에 따라 미래는 완전히 달라진다. 나는 그동안 겪은 불행조차도 모두 지금의 나를 맞이하기 위한 필요조건이었다고 생각한다. 어려운 순간은 여전히 나를 찾아오지만, 이 또한 더 나은 나로 성장하는 과정임을 믿는다.

삶 속에 드리우는 어둠은 결국 빛을 만나기 위한 과정이다. 인생의 터널에서 길을 잃더라도 그 끝에는 반드시 눈부신 햇살이 기다린다는 믿음을 놓지 말자. 그 빛은 우리의 상상보다 더 찬란할 것이다.

②

세상 모두가
나일 수 없으니

라푼젤의 성

화려해 보이는 직업, 반짝이고 특별해 보이는 라이프 스타일, 완벽해 보이는 인맥과 성공은 마치 닿을 수 없는 높은 성의 꼭대기에서 그 위용을 자랑하는 듯하다. 그러나 성 안이 들여다보이는 창문은 바람이 간신히 드나들 정도로 너무나 작기만 하다.

누군가에게 내 외형과 이미지는 디즈니 애니메이션 〈라푼젤〉에 등장하는 코로나 왕국의 궁전 같아 보일 것이다.

그러나 내 삶과 마음속은 영락없이 높고 비좁은 탑 모양의 성에 갇힌 신세였다. 이처럼 겉과 속의 극명한 대조가 마녀의 농간 때문은 아닌가 싶기도 했다.

성은 멀리서 바라볼 때야 견고하고 웅장하다. 하지만 정작 가까이에서 이곳저곳을 살피다 보면 작고 평범한 것, 성곽의 거대함에 시선이 차마 닿지 못해 지나치는 곳, 약하고 무너진 부분을 많이 발견할 것이다. 이처럼 우리는 아름다운 성과 같이 빛나는 사람들을 우러러보면서도 그 안의 고충과 외로움을 간과하고는 한다.

우리 사회는 특히 겉모습에 치중하는 경향이 강하다. 화려한 포장 속에 진실한 이야기가 묻히기 쉽고, 성공과 아름다움이라는 이름 아래 사람들은 경쟁적으로 자신을 꾸미려 노력한다. 나 또한 나를 보호하고, 타인의 사랑을 받기 위해 내가 원하던 이미지를 그리다 나의 진정한 모습조차 볼 수 없을 정도로 높은 성을 쌓고 말았다.

그 안에서 숨 쉴 구멍은 없었다. 결국 나는 스스로 만들어 낸 이미지에 갇혀 매일 무너지는 듯함을 느껴야만 했다. 사람들은 성 밖에 펼쳐진 웅장하고 수려한 경관에 그저 감탄할 뿐, 내가 성안에서 괴로워하는 모습에 눈길을 준 이는 아무도 없었다.

누군가는 내가 얻고 누리는 것을 생각한다면, 이에 따르는 책임과 고통은 아무것도 아니며, 오히려 당연한 일이라고 말한다. 심지어 그보다 더 많이 바라는 것은 배부른 소리라는 말까지 들었다. 그런데도 그들을 비난할 생각은 없다. 오히려 그 사람들의 생각을 이해하고, 가끔은 공감하기도 한다. 나도 직접 겪어 보기 전까지는 누군가의 화려한 겉모습을 부러워하면서, 그 모습을 닮으려 애썼으니까. 하지만 동전의 양면처럼 화려한 무대에 드리운 커튼 뒤에는 거칠고 쓸쓸한 현실이 양립한다.

내가 유튜버 활동을 시작할 당시만 해도 유튜브는 이미 치열한 경쟁의 장이었다. 유튜브 시장은 지금도 꾸준히 성장세를 보이며, 하루에도 새로운 유튜브 채널이 여럿 쏟아져 나온다. 매력적인 채널은 점점 많아지고, 완성도 높은 콘텐츠가 하루에도 몇 개씩 올라온다. 그러나 아무리 매력 있고 특색 있는 채널이라도 매번 자기만 할 수 있는 특별한 콘텐츠를 계속해서 만들기란 불가능에 가깝다.

특히 뷰티 채널은 콘텐츠의 범위가 한정되어 있다. 뷰티 콘텐츠 제작과 업로드를 반복하다 보면, 결과물끼리 겹치는 부분이 있기 마련이다. 영상을 촬영할 때 뷰티 업계의 새로운 소식과 제품을 누구보다 빠르게 전하기 위해 밤을 꼬박 새기도 하고, 국내에 출시되지 않은 제품은 해외에서 구매해 온 뒤에 준비하기도 한다.

기획과 제작에 오랜 시간을 들여 콘텐츠를 누구보다 빠르게 업로드하더라도, 비슷한 콘텐츠가 어느새 우후죽순으로 올라와 있다. 그 와중에 어느 유튜버가 다른 유튜버의 콘텐츠를 따라 했다는 의혹을 제기하는 댓글이 달리면서 당사자끼리 불화가 생기기도 한다. 유튜브 영상 저작권과 표절의 기준이 마련되지 않아 잘되는 콘텐츠라면 일단 따라 하고 보기를 당연시하는 분위기도 한몫하는 듯하다. 이 이유로 나만의 콘텐츠를 제작하고, 이를 장기적으로 유지하는 일이란 사실상 쉽지 않다.

수많은 크리에이터와 영상이 넘쳐나는 유튜브의 세계에서 경쟁력 있고 차별화된 콘텐츠를 만들겠다는 일념 하나로, 유튜버의 일상은 항상 카메라와 함께한다. 언제 어디서 콘텐츠 소재가 나타날지 모르기 때문이다. 따라서 유튜버 친구들은 대부분 좋은 곳에 가서 맛있는 음식을 먹더라도 카메라에 담느라 그 순간을 온전히 즐기지 못한다. 흔히 화면보다 직접 보아야 장관이라는 찬란하고 장엄한 풍경조차 눈에 온전히 담는 시간도 그리 길지 않다. 그저 혹시 모르는 마음에 찍고 또 찍을 뿐이다.

가끔 친구들은 휴식을 선언하면서 이번에야말로 카메라 없이 인생을 즐기고 오겠다는 말을 남기며 여행을 떠나기도 한다. 그런데 실상은 카메라를 꺼내 영상을 촬영하는 일이 다반사다. 여행 중에도 영상에 활용할 흥미롭고 유용한 소재가 적지는 않나 하는 걱정에 빠지기도 한다. 결과적으로 즐기기 위한 여행으로 시작했음에도 시청자에게 정보와 재미를 주기 위한 여행을 기획하는 것으로 마무리된다.

유튜버라면 누구든 구독자와 조회 수의 상승세가 멈춘 뒤 서서히 줄어드는 지점이 찾아온다. 직업 수명이 정해져 있다고나 할까. 새롭고 신선한 콘텐츠의 홍수 속에 살아가는 요즘, 시청자에게 나의 존재와 콘텐츠는 어느 순간 익숙해지면서 그들의 호기심도 옅어져 간다. 항상 새롭고 차별화

된 영상을 위해 많은 것을 시도하지만, 시청자의 마음을 사로잡기란 쉽지 않다.

채널을 성장시키는 일보다도 장기적으로 꾸준히 유지하는 것은 더 어렵다. 더군다나 구독자 수와 조회 수는 광고와 직결되는 요소라서 더욱 예민할 수밖에 없는 문제이기도 하다. 수주한 광고 건수와 단가가 낮아지기 시작하면 많은 유튜버가 무너지기 시작한다. 그럴 때면 내가 만든 콘텐츠에 회의감이 들면서 채널을 전과 같은 상태로 유지하는 데 어려움을 느낀다.

브랜드에는 예산이 한정되어 있어 모든 유튜버를 대상으로 제품 협찬과 광고를 진행하기는 어렵다. 일반적으로는 콘텐츠 제작 능력이 탁월하거나, 브랜드에서 추구하는 이미지와 어울리거나, 또는 시청자의 호응을 잘 이끌어 내는 유튜버와 광고를 계약한다. 특히 신제품 출시와 동시에 프로모션을 진행할 때마다 업체에서는 제품 콘셉트와 결이 비슷하면서 시청자의 반응이 좋은 유튜버와 광고 캠페인을 꾸준히 진행한다.

일반적으로 유튜버는 주기적으로 진행하는 브랜드 광

고 콘텐츠에는 더욱 신경을 쓴다. 그리고 영상 제작에서 브랜드가 원하는 방향과 요청 사항을 최대한 반영하도록 노력한다. 그런데 어느 순간에는 해당 브랜드에서 위탁하는 광고가 줄어들다가 갑자기 광고 진행이 중단되기도 한다.

프리미엄 브랜드에서는 단순 제품 선물이라도 그곳의 기준에 맞는 크리에이터만 선별하여 시딩^{seeding*}을 진행한다. H&B 스토어**와 로드 샵 브랜드에서는 보다 다양하면서 많은 수의 인플루언서에게 시딩을 진행한다. 그러나 신제품을 출시할 때마다 제품을 보내오던 브랜드에서 어느 시점에서 선물이 끊기기도 한다. 그리고 나는 초대장을 받지 못했지만, 브랜드 행사 소식을 동료 유튜버에게서 듣기도 한다. 이 사실을 숨기고 싶어도, 내 바람과 달리 주변 사람 모두가 알게 된 상황이라면 비참해진다.

내 의지와는 상관없이 누군가는 나와 계속해서 경쟁하려 들 것이고, 결국 나는 내 것을 지켜야 한다. 그렇기에 유

---

* 넓은 밭에 씨를 뿌리듯 다수의 인원이 접속하는 SNS에 특정 브랜드의 상품 노출도를 높이기 위해 협찬 제품을 인플루언서에게 제공하는 마케팅 방식.

** 'Health and Beauty'의 약어로, 건강 및 미용 제품을 함께 취급하는 매장.

튜브 시장에서는 셀 수 없는 노력과 발전이 없다면 내 것을 고스란히 빼앗길 수밖에 없다. 따라서 자신의 일상을 공유하는 것이 곧 일인 인플루언서는 있는 그대로의 삶보다 남들이 자신에게 기대하는 삶을 만들어 내기도 한다. 구체적으로 나를 더 궁금해하고, 계속해서 찾도록 나를 꾸미는 것이다.

나는 감흥 없는 일상만을 공유하면서 누군가의 눈에 예뻐 보이지 않는 모습을 보인다면, 누구도 나를 궁금해하지 않을 거라는 생각에 갇혀 괴로워했다. 그 생각 속에서 나는 팔로워가 따라 하고 싶은 사람, 브랜드가 협업하고 싶은 인플루언서가 되려고 끊임없이 노력했다. 모든 인플루언서가 그렇다는 이야기는 결코 아니지만, 나를 포함하여 그런 고충에 시달리는 친구들을 많이 봐 왔다. 계속해서 나를 실재하지 않는 사람으로 덧칠하는 일은 스스로 더 큰 괴로움을 불러올 뿐이며, 자존감까지 밑바닥으로 끌어내린다.

아무리 발버둥 쳐도 절대로 오를 수 없는 곳에 있는 나.

그 시절의 나는 우리의 삶이 완벽할 수 없다는 사실을 깨닫지 못했다. 아무리 노력해도 완벽한 사람이 될 수 없고, 그런 사람은 이 세상에 존재하지도 않는다는 사실을 깨닫지 못했다. 돌이켜보면 너무나도 쉽고 당연한 이야기였는데도 말이다.

현대 사회에서는 자신의 삶을 크고 멋진 성처럼 꾸미려는 사람이 너무나 많다. 그리고 소셜 미디어는 그 과정을 더욱 가속화한다. 우리 주변의 친구와 지인의 SNS만 보더라도 완벽해 보이는 순간이 끝없이 이어진다.

좋은 직장,
행복해 보이는 가족,
매력적인 외모,
그리고 취미.

하지만 그 화려한 이미지 뒤에는 약점을 감추고 싶어 하는 마음이 숨어 있곤 한다. 누군가는 외로움을 감추려 화려한 여행 사진을 올린다. 또 다른 이는 자신의 불안을 숨기기 위해 행복한 미소를 지으며 사진을 찍는다. 우리는 저마다 크고 높은 성벽을 쌓고, 그 안에서 자신을 지키려 한다. 하지만 그 과정에서 자신을 점점 고립시키기도 한다.

소셜 미디어에서 타인의 삶을 보면서 우울감을 느낄 때가 많다고 한다. 자신을 다른 사람과 계속해서 비교하기 때문이다. 남의 성공과 자신의 현실을 비교하면서 부족함을 느끼는 것이다. 하지만 그 사람의 모습은 완벽하게 꾸며진 이미지일 수도 있음을 알아야 한다. 우리는 그 속에 감추어진 진짜 이야기를 알지 못한다.

우리가 보는 것은 성의 외벽일 뿐, 작은 창문으로 안을 들여다보지 않으면 타인의 진정한 삶을 알 수 없다. 나는 인플루언서로 활동하면서 나에게마저 화려하고, 특별해 보이는 일상을 공유하는 친구와 다른 인플루언서를 매일같이 접한다. 그리고 이 일은 나를 계속해서 더 꾸미고 과시하도록 종용했다.

하지만 화려해 보이는 성안에도 작고 별것 없어 보이는 창문이 있다. 우리는 그 창문 속에 고충과 진짜 삶의 이야기가 펼쳐져 있음을 알아야 한다. 이를테면 성공한 사업가의 명성에는 연이은 실패와 수없이 잠 못 드는 밤이 드리웠으며, 행복해 보이는 부부의 두 손에는 서로를 이해하기 위한 많은 노력이 있었다는 사실을 말이다. 반짝이는 듯한 나의 과거도 결국 스스로 도금한 모습일 뿐, 그 한 꺼풀 너머의 속살은 남들과 별반 다르지 않았다.

가장 빛나 보이는 사람도 우리의 시선이 닿지 않는 곳에서 가장 어두운 순간을 겪었거나, 그런 과정에 있을 것이다. 삶은 드러남과 감춤의 연속이다. 우리는 타인의 창을 들여다볼 수 있도록 노력해야 한다. 겉으로 완벽해 보이는 사람이라도 내면에는 작은 창문이 있고, 그 창문으로 타인의 진정한 모습을 볼 줄 알아야 한다.

또한 성벽을 화려하게 쌓는 데 너무 많은 에너지를 들이지 않는 것이 좋다. 높은 성벽보다 더 많은 창문을 만들어 다른 이가 우리를 들여다보도록 허락하는 것이 중요하다. 그렇다면 우리는 서로의 진정한 모습을 이해하고 공감할 수 있다.

타인의 삶을 있는 그대로 바라보고, 자신의 삶을 과장하려 애쓰지 않는 것이야말로 나를 위한 진짜 행복으로 향하는 길이다. 보이는 것에 골몰하며 크고 높은 성을 쌓기보다 진정한 모습을 나눌 창문을 열어 두어야 한다. 성벽을 낮추고 창문을 넓힌다면, 서로의 진짜 모습을 대면하면서 진정한 의미의 연결이 가능해진다. 그러니 눈에 보이는 허구의 모습만을 선망하여 자신과 남을 비교하지 말고, 타인에게도 차마 말할 수 없는 고난과 역경이 있음을 깨달아야 할 것이다.

어떤 이의 자맥질

살다 보면 끝없는 수평선만이 이어진 바다 한가운데에 홀로 둥둥 뜬 작은 배가 된 듯한 기분이 들 때가 있다. 주변에 사람이 많아도, 정작 마음 깊은 곳에 누구도 이해할 수 없는 외로움으로 가득할 때도 있으니 말이다. 나 또한 세상에 혼자 남겨진 듯한 느낌이 들 때가 많다. 특히 내가 선택한 길이 남들과 조금 다른 데다 쉽게 이해하기 어려운 점도 있어, 그 외로움이 더 크게 다가오는 것도 같다.

인플루언서로 활동하면서 늘 많은 사람의 관심을 받고는 있지만, 오히려 그 안에서 크나큰 외로움을 항상 느껴 왔다. 누군가에게는 내가 그저 반짝거리는 삶을 살아가는 것처럼 보이겠지만, 사실 나는 누구보다도 외로움으로 똘똘 뭉친 사람이었다.

물론 내게도 나를 좋아해 주고, 특별할 것 없어 보이는 나를 찾아오는 분들이 많다. 그러나 나는 그분들의 사랑과 관심보다 나를 미워하는 이들이 보내오는 비난과 가시 돋친 말 한마디가 마음속에 더 크게 남는다. 서러움에 감정이 북받쳐 나도 그 사람들처럼 좋지 않은 의도에 차 글을 쓰다 '댓글' 버튼을 누르기 직전 가까스로 나를 뜯어말린 적이 수없이 많다.

나는 조금이라도 날을 세운 투로 나를 부정하는 댓글에 몸이 굳는 듯한 두려움을 느낀다. 그렇지만 가족과 친구에게 걱정을 끼치기 싫었고, 이에 따른 관심이 나를 더 힘들게 하기에 애써 태연한 척하며 사실을 숨겨야 했다. 많은 사랑과 관심 속에 살지만, 차라리 좋고 싫음을 떠나 모두가 나에게 아무런 신경조차 쓰지 않기를 바란 적도 있었다. 타인

의 평가에 시달리면서 세상으로부터 숨고 싶은 나날이 계속
되기도 했다.

특히 마음이 유난히 힘든 날에 악플을 보면 심장이 두
근거리면서 속이 울렁거린다. 그때는 아무것도 생각할 수
없다. 동시에 내면에서 수없이 솟아나는 감정의 소용돌이에
휩쓸려 헤어나오지 못한 채 속절없이 끌려다녀야만 한다.
이렇게 SNS에서 사람들이 남긴 상처와 배신감이 점차 쌓이
면서 현실의 나에게도 큰 영향을 줬다.

스스로 이겨 내야 하는 무게.
누구에게도 말 못 할, 들키고 싶지 않은 치부.

내가 사랑하는 사람에게는 사랑하기에 들키고 싶지 않
았고, 나를 미워하는 사람들에게는 더 미워할 여지를 주고
싶지 않았다. 그렇기에 남들에게 내 모습을 꼭꼭 숨겨야 했
다. 언제나 괜찮은 듯 아무 문제 없이 행복한 척하면서, 감
정을 숨기고 꾸며 내는 데 도가 틀 정도였다.

그리고 때와 장소, 상황과 이유를 불문하고 나에게 등

을 돌리는 사람이 생기더라도 '아, 결국 또 이렇게 됐구나.'
라고 생각하며 익숙해지기에 이르렀다. 모든 인간관계에 회
의로 일관하면서도 이쯤이면 나에게 문제가 있는 것이 아니
냐는 생각으로 스스로 상처를 주기도 했다.

그때 나는 내게 괴로움을 준 사람이 아닌, 나에게서 그
이유를 찾으려 했다. 이유는 애초부터 내 안에 존재하지 않
았는데도 말이다. 결국 답을 찾지 못한 나는 더 깊은 고립의
수렁에 빠지기를 자처하고 말았다. 그래서인지 새로운 사람
을 만나기가 두려웠고, 관계를 이어 가더라도 언젠가는 내
곁을 떠날 것이라는 전제를 항상 마음속에 남겨 두었다.

누구나 타인의 곁에 있으면서도 외롭다는 생각을 한 적
이 있을 것이다. 나도 가까운 친구나 연인과 함께하는 순간
에도 혼자라는 느낌을 지울 수 없는 때가 있다. 누군가를
마주하는 순간에도 보이지 않는 벽이 그들과 나 사이를 가
르는 것 같다. 그리고 나는 그 너머에서 고독하게 바닷속을
자맥질하는 듯하다.

그런가 하면 인생에서 중요한 결정을 내릴 때도 외로움
을 느끼곤 했다. 나만의 길을 선택하며 살아가야 하는 순간,

주변의 의견과 조언이 모두 무의미해지면서 결단의 때가 다가오는 것마저 부담스러웠다. 스스로 선택한 길의 성공과 실패를 예측할 수 없는 불확실성 안에서 결과에 대한 책임은 오로지 내 몫이었다. 모든 것이 내게 달렸다는 생각이 뿌리가 되어 솟아오른 무거운 책임감은 내 마음속으로 뻗어 나와 외로움이 되었다.

가족과 친구의 응원과 사랑을 받는 와중에도 마음 깊은 곳에서는 내가 진정으로 이해받지 못한다는 생각이 들기도 했다. 가끔은 내 감정을 누구에게도 온전히 털어놓을 수 없을 것 같아 더 외롭기도 했다. 내 고민과 불안감을 토로하고 싶어도, 과연 상대가 내 고충을 모두 이해할지는 알 수 없다. 아니면 그런 내가 너무 나약하다거나, 소중함을 모르고 복에 겨운 소리를 늘어놓는다고 할지도 모를 일이다. 이처럼 내 감정을 제대로 이야기하지 못할 때, 나는 다시금 혼자가 된 기분이다.

사실 외로움은 많은 이들이 말로 표현하지 않을 뿐 아주 보편적인 감정이다. 직장인, 부모, 학생, 연인 등 상태나 관계에 따라 외로움의 형태와 이유는 제각각이다. 그러나 인생에서 누구도 예외 없이 외로움을 한 번이라도 마주한다는 점은 같다. 특히 남들이 쉽게 부러워할 법한 직업을 가진 사람일수록 화려함 뒤에 숨은 고독은 깊고도 강렬한 법이다. 이토록 넓은 세상에서 내가 누구와도 완전한 동질감을 느끼지 못할 것이라는 사실을 받아들이기란 그리 쉬운 일은 아니다.

특히 큰 결정을 앞두고 내가 선택한 길에 확신이 없을 때, 마음속 깊은 곳에서 불안과 외로움이 밀려온다. 누구에게도 도움을 요청할 수 없는 상황에서 홀로 결정을 내리는 순간에 엄습해 오는 두려움도 혼자 감당해야 한다. 아무리 곁에 가까운 사람들이 있더라도, 그 길의 끝에는 홀로 남겨질 수밖에 없는 현실이 때로는 무섭기도 하다.

한편 우리는 사회에서 경쟁하는 중에도 외로움을 느낀다. 특히 현대 사회에서는 타인과의 비교와 경쟁 속에서 자신이 점점 더 작아져 가는 것만 같다. 주변 사람들은 끊임없이 성과를 갱신해 가면서 성공을 향해 나아갈 때, 나만 여전히 제자리걸음을 하고 있지는 않은가 하는 생각이 들기도 한다. 끝없는 노력에도 한계에 부딪힐 때마다 나만 유독 뒤

처진 듯한 생각과 함께, 이 어려움을 오직 나 혼자 감당해야 하는가를 자주 고민하게 된다. 나는 채널을 비롯한 내 모습 자체가 곧 성과이자 내게 닥친 과업이기에 외로움을 더 크게 체감한다.

나는 스스로 어떠한 사람이며, 원하는 것이 무엇인가를 진지하게 고민할 때, 답을 찾는 과정에서 겪는 혼란과 고독은 말할 수 없을 정도이다. 주변에서 내게 조언을 하더라도 답을 찾는 주체는 결국 나이므로, 그동안은 오롯이 혼자일 수밖에 없다. 이 과정에서 타인의 시선과 기대에 얽매이지 않으려 하다 보면, 때때로 세상 모두와 동떨어진 듯한 기분이 들기도 한다.

우리의 외로움은 디지털 매체가 고도로 발달한 현대 사회에서 더욱 강해지는 듯하다. 우리는 SNS를 통해 다른 사람과 소통하기보다 남과 비교하며 느끼는 공허함과 혼란이 더 크다. 내가 매일 접하는 수많은 이미지와 이야기에서 나의 위치와 가치를 확인하려 할수록, 나는 나와 점점 멀어지는 듯함을 느낀다. SNS에 올라오는 타인의 삶은 완벽해 보이고, 그들 틈에 내가 끼지 못할 것 같은 느낌이 들 때도 많다. 마치 혼자 외딴섬에 있는 것처럼, 그들이 경험하는 순간에서 소외감을 느낀다.

하지만 그들이 화려하고 완벽해 보일지라도, 그들도 나와 같이 외로움과 끝없이 싸운다. 때때로 내가 보여 주는 삶은 거짓이다. SNS 계정에서는 내 삶을 있는 그대로 드러내기보다, 남에게 보여 주고 싶은 모습을 연출하는 공간에 가깝기 때문이다. 이용자들이 수많은 사람에게 드러난 화면 너머의 내 일상이 진짜 나라고 생각할 때, 나의 불안과 외로움은 더욱 강해진다.

사람들이 내게 기대하는 모습은 37만 팔로워와 함께하는 인플루언서의 화려하고 아름다운 삶이다. 그리고 나는 사람들의 기대에 어긋나지 않아야 한다는 생각과 함께 항상 완벽해 보여야 한다는 강박에 사로잡힌다. 따라서 가끔은 내가 다른 사람 같다는 생각을 할 때가 있다. 이처럼 화려함 이면의 공허함은 우리를 더 외롭게 한다.

우리는 살아가면서 외로움의 바다에서 완전히 벗어날 수는 없다. 그러니 외로움을 받아들이고, 자신이 선택한 길을 묵묵히 나아가야 한다. 외로움을 나약함과 혼자라는 괴로움의 온상이라 여기기보다, 자신을 더 강하게 담금질하는 원동력임을 이해하는 것이 중요하다.

누구나 각자만의 외로움이 있다. 다른 이는 알지 못할 나만의 감정이 파도처럼 밀려오는 탓에 나 혼자만 문제에 휩쓸려 멈춰 버린 듯한 느낌이 들 때가 있을 것이다. 하지만 외로움을 성찰의 기회로 삼는다면, 자신을 조금 더 편안하게 받아들일 수 있지 않을까. 오늘도 드넓은 바닷속을 혼자 헤매는 것 같다면, 고요한 외로움의 한복판에서 자신을 지긋이 바라보자. 혼자인 듯한 그 순간이 바로 우리 자신을 더 깊이 이해하고, 각자의 길을 확고하게 다질 수 있는 시간이 될 테니 말이다.

선망받고, 선망하며

누군가에게 선망의 대상이 된다는 것은 때로 꿈 같기도 하다. 나에게 집중되는 화려한 불빛 아래, 모두의 관심 속에 아름답게 빛나는 모습, 그 일대를 빽빽하게 둘러싼 사람들의 응원 속에서 많은 것들을 누리는 삶은 닿지 못할 완전한 행복과도 같을 것이다. 그러나 누군가가 선망하는 존재의 의미는 단순히 아름다운 삶만을 가리키지 않는다. 그 뒤에 숨겨진 수많은 고뇌와 무게까지 감내하는 삶까지를 포함

한다.

나는 대부분의 일상을 SNS에 공유한다. 채널이 성장하고 인플루언서로 확실히 자리를 잡으면서 나를 좋아하고 칭찬을 아끼지 않으며, 내가 사용한 제품을 따라 사는 많은 사람으로 행복했다. 그때마다 뿌듯하고 설렘과 동시에 성취감을 느꼈다. 이처럼 나는 소통 속에서 피어나는 유대감을 사랑한다. 이 특징은 인플루언서라는 직업의 가장 큰 매력이자, 개인적으로 이 직업을 사랑하는 이유 중 하나이다.

하지만 그 즐거움이 너무 커서였을까. 아니면 많은 사람이 나를 궁금해하고 따라 하는 것을 성장의 지표라고 생각했기 때문이었을까. 나는 시간이 지날수록 나를 따라 하면서 부러워하는 사람이 많아지기만을 바랐다. 이에 나는 사람들이 기대하는 바에 부응하려 애썼다. 이 과정에서 완벽한 내 모습을 끊임없이 보여 줘야 한다는 압박도 따라오기 시작했다.

그 이유로 가끔은 연출된 모습을 만들어 내기도 했다. 내 손에 들어오지 않은 것을 마치 가지고 있는 양 가장하고, 평소의 모습보다는 화려함으로 부풀린 일상을 공유했다. 그리고 그 시간은 나를 조금씩 갉아먹었다.

　나는 분명 인플루언서가 된 이후로 전보다 훨씬 여유 있고 행복하게 생활하고 있다. 그런데도 다시는 일어서지 못하겠다는 생각이 들 정도로 무너진 순간도 있었다. 또한 더 많은 것을 원하면서 내가 가지지 못한 것에 불평을 쏟으며 나를 불행한 사람으로 만든 적도 부지기수였다. 모두가 그렇듯 나는 사람들의 시선 속에 일상에서 피어나는 크고 작은 고난과 불행이란 애초부터 존재하지 않았던 세계 속에서 그저 행복하기만 한 사람으로 재단되어 있었다. 그렇게 나는 완벽하지 않은 사람이라는 사실조차 잊어버린 채, 타인에게 이상적인 존재가 된 내가 점점 버거워지기 시작했다.

　그 순간이 이어지는 상황에도, 나는 사람들에게 완벽한 모습만을 보여 주어야 했다. 어둠은 가린 채 빛나는 부분은 더 강조하고 과장했다. 힘든 일을 겪는 순간에는 내 모습을 지나치게 의식하면서 사람들에게 들킬 것이 두려워 더욱 행복한 면모만을 보여 주려고 했다. 그래서인지 가끔은 내 불행과 현실을 인정하기 싫을 때도 있었다. 나를 좋아하는 사람들의 기대를 저버리기 싫었지만, 한편으로는 본연의 내 모습을 좋아하고 부러워하기를 바라는 마음에 거짓이라도 좋으니 꾸며 낸 모습을 보여 주게 되었다.

그 생각이 내 마음을 더 헤집어 놓으면서 나는 더 큰 불행으로 빠져들었지만, 그때마다 사람들의 관심을 갈구했다. 그 시간이 길어지면서 가끔은 사람들이 열광하는 내 모습이 무엇인가에 관한 고민 속에서 혼란스럽고 괴로운 나날을 보냈다. 그 시간 속에서 내가 만들어 낸 모습이야말로 진짜 나라는 착각 속에 살기도 했다. '나는 그 정도로 대단하고, 행복한 사람이다.'라는 세뇌에 걸린 것처럼 말이다.

사람들은 종종 타인의 외적인 모습에 드러난 성공만을 보기도 한다. 그러나 그 뒷면에 새겨진 노력과 눈물의 역사는 보려 하지 않는다. 마치 수면 위에 유유히 떠 있는 빙산의 일각에만 관심이 쏠린 나머지 그 속에 가라앉은 깊고도 어두운 고뇌와 불안은 자연스레 묻히고 만다. 나만을 위해 비추는 스포트라이트 아래 빛나는 자리에서 환하게 웃고 있을 때조차 마음 한구석에는 언제나 두려움이 자리하고 있었다.

사람들의 기대를 충족하지 못할 때의 결과에 대한 두려움은 종종 거세게 날아오는 채찍이 되어 나를 내리치기도 했다. '더 잘해야 한다, 더 완벽해야 한다.'라는 생각 속에 나를 좋아하는 사람들의 기대에 부응하고, 그렇지 않은 이들에게는 빈틈을 보이지 않으려 나를 끊임없이 가다듬어야 했다. 가끔은 내가 아니라 '누군가가 바라보는 나'를 위해 사는 지경이었다. 그렇게 나는 완벽과 화려함을 추구하면서 내 기분과 바람은 점점 사소해져 갔다. 그렇게 나는 내 모습을 뒤집어쓴 다른 존재로 살아가는 듯한 기분에 사로잡히곤 했다.

지금까지 겪은 일은 비단 나만의 이야기는 아닐 것이다. 우리는 모두 이상적인 사회적 기준에 부합하는 사람을 동경한다. 학창 시절, 우리는 전교 1등인 친구를 부러워한 적이 있었다. 그러나 언제나 차분하고 완벽해 보이는 그 사람들도 만족하는 법을 알지 못한 채 자신을 매 순간 몰아세운 나머지 낭떠러지 끝에 선 듯한 삶을 선택하고 만다. 그들의 완벽함에 감탄하며 쏟아지는 찬사는 오히려 그들을 더 큰 중압감에 가두었을 것이다. 이처럼 '완벽함'이란 더는 도망칠 곳이 없는 감옥과 다름이 없다.

누구나 겉보기에 행복한 사람의 삶이 완벽하다고 생각

하겠지만, 단 한 겹 너머의 고통은 좀처럼 모습을 드러내지 않는다. 자신의 완벽함을 유지하기 위해 밤잠을 설치며 공부했던 시간, 사람들 앞에서 눈치를 보며 웃는 모습으로 일관해야 할 때의 부담감, 누구도 자신의 고통을 헤아리지 못할 때 느낄 외로움처럼 말이다. 그리고 사회적으로 성공한 삶이라 평가받는 사람은 또 어떤가.

화려한 경력, 안정적인 직업, 높은 연봉.

세상을 다 가진 사람이라고 생각하지는 않는가. 그러나 그 성공 뒤에는 불안감이 도사리고 있다. 조금의 실패나 약점이라도 보이는 순간 사람들이 떠날지도 모른다는 두려움은 그 사람에게 완벽함을 끝없이 갈구하도록 하면서 결국에는 자신을 잃어버리는 선택을 유도한다.

나도 마찬가지였다. 선망의 대상이 된다는 것은 곧 비난과 오해의 대상이 쉽게 될 수도 있음을 의미한다. 사람들은 종종 내가 겪는 고민이나 어려움을 이해하려 하기보다 모든 것을 거머쥐었으니 힘든 일은 겪을 리 없다고 생각했다. 그러나 아무리 화려해 보이는 삶이라도, 그 안에는 보이지 않는 그림자가 있다.

따라서 많은 이들이 부러워하는 자리에 올라가는 일은 가끔 자신을 잃는 과정이 아닐까 한다. 사람들이 나에게 기대하는 모습에 맞추다 보면, 어느 순간 내 본모습을 잊어버리기도 한다. 사람들의 기대 속에 살아가는 삶에 익숙해진 것이다. 마치 가면을 쓰고 연기하는 것처럼, 가면에 감추어진 나를 들키지 않으려 발버둥 친다. 그 시간이 쌓여 갈수록 나 또한 내가 누구인지 알 수 없게 되어 버린다.

그리고 많은 이들의 동경심을 받는 위치는 무거운 책임감을 수반한다. 그 책임감은 상상 이상으로 우리를 지치게 한다. 지금의 삶이 정말 나를 위한 것인지, 다른 사람들이 기대하는 모습으로 사는 것은 아닌지를 스스로 묻기도 했다. 타인의 기대를 충족하는 데 매몰된다면 나만의 행복은 사라져 간다.

사람은 참 간사하게도 가진 것에 감사하지 않고, 가지지 못한 것에 집착한다. 그리고 집착은 우리의 삶을 거짓으로 채우도록 유혹한다. 과거의 내가 지금의 나를 본다면 '더할

나위 없는 행복한 삶이겠지.'라고 생각하겠지만, 현실은 그렇지 않다. 나도 다른 이들과 다를 게 없다.

사람은 부족함과 허점으로 가득하다. 그러므로 완벽한 사람이란 없다. 인플루언서나 연예인처럼 만인에게 모습을 보이는 직업도 마찬가지이다. 누구나 서로의 삶도 별반 다르지 않고 부족한 점도 많지만, 그것마저도 숨겨야만 한다.

그렇기에 나는 감정을 숨기는 데 익숙해졌다. 힘든 일이 닥쳐도 '이 정도는 괜찮아.'라며 자신을 다독였다. 그러나 시간이 지날수록 나를 갉아먹을 정도로 감정을 억압하고 있음을 깨달았다. 완벽한 모습만을 선보이려다 보니, 내가 진짜로 원하는 것을 알 수 없게 되어 버렸다. 이처럼 우리는 누구나 각자의 삶 속에서 부모, 배우자, 친구, 동료 등 다양한 배역을 맡으며 살아간다. 그러나 역할을 유지하려고 본모습을 감추는 일은 결국 우리를 지치게 할 뿐이다.

인플루언서는 내 주변의 많은 것들을 공유하면서 사람들과 소통할 수 있다는 점이 큰 매력이다. 그렇기에 나는 여전히 이 직업을 사랑한다. 다만 사람들이 주는 관심과 사랑에 눈이 멀어 자신을 끌어내리지 않는 것이 중요하다. 다만 수많은 사람과 연결을 이루면서 삶의 이야기를 공유하며, 감정을 나눌 수 있음은 분명 큰 축복이다.

그러나 이제는 더욱 건강한 방법을 찾고 싶다. 그렇기에 지금부터라도 나에게 조금만 더 솔직해지기를 바란다. 완벽하지 않아도 괜찮다고, 내가 넘어져도 인생이 끝나지는 않는다는 말로 나를 다독이고자 한다.

선망의 대상이 된다는 것은 분명 특별한 경험이다. 하지만 그것이 나의 전부를 정의하도록 두지는 않으려 한다. 나는 지금에서야 나답게 사는 법을 배워 가고 있다. 이제는 내가 보여 주는 모습과 내밀한 모습이 다르지 않기를 바란다. 사람들이 부러워하는 모습이 아닌, 나답게 살아가는 모습 속에서 나의 가치를 발견하고 싶다.

물론 사람들의 시선과 기대가 여전히 부담스럽기도 하다. 그러나 남의 바람과 나의 행복을 저울질했을 때, 나는 후자에 조금 더 무게를 두기로 했다. 그러니 내가 조금 부족해 보여도, 완벽하지 않아도 괜찮지 않을까.

우리는 종종 타인의 삶을 부러워하며 그 사람의 행복한 삶을 상상하곤 한다. 그러나 그들의 삶에도 보이지 않는 고

통이 있음을 기억하자. 그들의 완벽함은 상상만큼 쉽게 이
룰 수 있는 일도 아닐뿐더러 그들도 우리와 마찬가지로 완
벽하지도 않다. 나만의 삶을 살아가기 위해서는 무엇보다도
내 행복이 먼저다.

각자의 부러움

누군가는 SNS에서 드러나는 내 삶을 부러워할 것이다.
나 또한 그 사람들과 마찬가지다.

이른 시간부터 오랜 웨이팅 끝에 맛볼 수 있는
맛집과 카페의 시그니처 메뉴,
때로는 예약조차 어려운 핫 플레이스,
유명 호텔에서의 호캉스,

고급 항공 서비스,

패션, 뷰티 브랜드의 옷과 화장품,

각종 페스티벌 VIP 초대권까지.

소비가 이루어지는 영역이라면 협찬과 광고가 들어온
다. 이처럼 나는 누군가 갈망하던 것을 어렵지 않게 경험해
왔다. 맛있는 음식을 즐기고, 신제품을 누구보다 먼저 체험
하고, 일정을 자유롭게 조율하면서 내가 원하는 곳에서 일
한다. 더군다나 수입은 웬만한 대기업 임원 연봉 이상이다.
그렇게 많은 이들이 나를 부러워한다.

나 또한 선망의 대상이 존재하기에 타인의 삶을 부러워
하기도 한다. 그러나 내가 느끼는 부러움은 단순히 경제적
안정만은 아님을 먼저 밝히고 싶다. 인플루언서로서 내가 거
두어들이는 모든 것이 특별함을 잘 안다. 이에 항상 감사함
을 잊지 않는다.

아이러니하게도 나는 환경이 정반대인 사람을 부러워할
때가 많다. 예를 들어 매달 일정한 월급을 받고 정해진 시간
에 출근하는 직장인의 삶 속에서 내가 가지지 못한 이상적인

안정감을 찾는다. 내가 누려 본 적 없는 조직에서의 소속감과 팀워크의 즐거움, 정기 회식과 같은 그들의 일상은 때때로 그들의 삶에 대한 궁금증과 부러움을 유발하기도 한다.

요즘 바쁜 현대인에게 '힐링'과 '워라밸'이 굉장히 중요시되고 있다. 나 역시 그 표현이 주는 편안함이 좋다. 모든 것들이 때와 장소를 가리지 않고 일과 연결되기에 직장 밖에서 여유로운 시간을 보내는 사람들이 모습이 부럽기도 하다. 그렇기에 매일 아침 출근할 곳과 근무 시간이 정해진 사람들이 부럽기도 하다. 반면 누군가는 나를 두고 일어나고 싶은 시간에 일어나 집이나 카페 등 어디에서나 일할 수 있는 여유와 자유로움이 부럽다고 말한다. 결국 사람은 누구나 자신에게 없는 것을 동경하는 존재는 아닐까.

화면 속의 내 삶을 바라보는 이들은 인플루언서로 일하며 받은 협찬과 광고에 많은 것들을 쉽게 누리며 산다고 생각할 것이다. 하지만 인플루언서로서 내 삶은 결코 쉽지도, 안정적이지도 않다. 프리랜서라서 언제든 일이 끊길 수 있다는 불확실함이 나에게 큰 압박으로 다가오기 때문이다. 그리고 인플루언서는 수많은 채널 사이에서 브랜드와 업체에 선택받아야 하며, 팔로워 수와 조회 수, 좋아요 수 등의 지표 성과에 따라 가치가 결정된다. 매일이 평가의 연속이다.

주변에는 나와 같은 일을 하는 지인이 많고, 그분들을 만나면 일 얘기만 하다 하루가 저물기도 한다. 그 대화에서는 우리의 불안정함과 불안에 대한 이야기가 도마에 오른다. 일이 언제 어떻게 끊어질지 모르고, 내가 모르는 대규모 캠페인이 있었다는 사실 그리고 "요즘 누가 그렇게 잘되고 돈을 얼마나 번다더라." 같은 이야기 말이다. 이런 이유로 나는 매달 정해진 날짜에 안정적인 수입을 얻으며, 안정적인 환경에서 일하는 사람들이 부럽다.

가끔은 모든 일을 혼자서 결정하고 진행해야 하는 내 직업이 버겁기도 하다. 누구의 도움 없이 책임을 홀로 짊어지며 나아가야 한다. 설령 나를 도와주는 사람이 있더라도, 결정과 책임은 오롯이 내 몫이다. 가끔은 내가 선택할 길을 논의하면서, 책임을 함께 나누며 의지할 공동체가 있다면 좋겠다는 생각도 든다.

반대로 직장인은 내 삶을 낭만적으로 바라볼지도 모르겠다. 누구나 타인과 얼굴을 맞대야 하는 조직 생활이 싫을 때도 있거니와 자유로운 삶이란 매력적으로 다가올 테니 말이다. 사람은 누구나 자신이 가지지 못한 것을 부러워하면서 그것이 실제로 어떤가에 대한 고찰은 미뤄 두고, 좋은 점만을 보며 미화하기 마련이다. '남의 떡이 더 커 보인다.'라는 말처럼 우리는 언제나 타인만을 좇다 자신의 소중한 순간을 놓치곤 한다.

　시간이 흐르고, 나는 직장인의 삶에도 나름대로 어려움과 불안이 있음을 깨달았다. 비슷한 업무가 반복되는 단조로운 일상에 지루함을 느끼는 사람도 있겠고, 누군가는 마음처럼 해결되지 않는 조직 내 갈등에 힘들어할 것이다. 나아가 인플루언서 시장뿐 아니라 모든 업계 전반에서 재직하는 내내 끝없이 달성해야 할 목표와 성과 압박으로 밤낮없이 일하고 노력하는 이들이 예상보다 많음을 깨달았다.

　결국 완벽하기만 한 삶은 이 세상에 존재하지 않았다. 그 뒤로 남의 것을 탐내고 부러워하는 마음을 끊어내기까지는 상당히 오랜 시간이 걸렸다. 당신 또한 삶이 늘 평범해 보인다든가, 잇달아 찾아오는 고민과 걱정에 지쳤거나, 자신에게 오지 않는 기회를 바라보며 실망하다 타인의 삶을 부러

위한 적도 있을 것이다. 그러나 이제까지 만나 왔던 수많은 사람 가운데 성공한 분도 우리와 비슷한 고민을 한다.

인플루언서 활동을 하는 동안 소위 성공한 사람들을 많이 만났다. SNS 속 '그들이 사는 세상' 그 자체인 사람들 말이다. 날마다 몸에 두르는 고급스러운 옷과 제품들, 사회적 위치와 재력으로 보건대 누구나 상상하는 완벽한 삶에 가까워 보인다. 막상 그들과 이야기를 나누고, 곁에서 그들의 삶을 지켜본다면, 그 사람들 역시 불안감을 느끼며 끊임없이 노력한다는 사실을 알게 된다. 완벽해 보이는 그들의 삶도 사실은 완벽하지 않다.

그렇더라도 성공한 이들의 지위와 능력, 재력을 부러워한 적이 있었다는 사실만큼은 부정할 수 없다. 나를 위한 것이라도 구매까지 많은 고민이 들 수밖에 없는 금액대의 물건을 미소 짓는 얼굴로 지인에게 선뜻 베푸는 여유도, 돈 때문에 아쉬운 소리를 하거나 서러운 일을 겪지 않을 환경도 참 부러웠다.

하지만 나에게 그 삶의 기회가 주어진다고 해도, 나는 망설임 없이 거절할 것이다. 그들이 겪는 일상의 고충과 갈

등을 경험하며, 겉으로 화려해 보이는 성공이 반드시 내게 필요하지는 않다는 사실을 깨달았으니 말이다. 그리고 크나큰 성공과 재력에는 그만큼의 희생과 부담이 따른다. 여전히 그들이 누리는 물질적인 여유와 안정감이 부럽기는 하지만, 나는 지금의 삶에서 행복을 찾는 법을 깨달았다. 우리는 타인의 시선으로 성공을 재단하지 않고, 저마다의 기준으로 행복과 만족감이 충만한 삶을 만들어 가야 한다.

나보다 조금 더 키가 큰 사람,

나보다 조금 더 마른 사람,

나보다 피부가 좋은 사람,

나보다 팔로워가 많은 사람 등.

우리는 정반대의 세계 속에 사는 사람뿐 아니라 일상 속 크고 작은 부분에서도 다른 이를 부러워하기도 한다. 당장 내 손에 쥔 것이 많아도 항상 지금보다 더 많은 것, 더 좋은 것을 원하기 마련이니 말이다. 이런 욕심은 사소하고 작더라도, 우리가 가지지 못한 것이라면 예외는 아니다.

그러나 멀리서 바라보기만 할 때는 크고 좋아 보였던 것도 막상 손안에 들어오면 평범하고 하찮을 때가 있다. 그리고 가진 것이 우리 손을 떠나갈 때, 비로소 그 소중함을 깨닫는다. 그런가 하면 쓰지 않는 물건도 정작 버릴 때가 되면 언젠가 쓸 일이 있지 않을까, 나중에 가치가 있지 않을까 하며 결단을 쉽게 내리지 못하기도 한다.

물론 부러움은 자연스러운 감정이며, 적당한 수준에서는 건강한 동기 부여의 원천이 되기도 한다. 다만 중요한 것은 부러움이 우리의 가치와 삶을 흔들지 않도록 해야 한다. 우리 품에 들어온 것을 소중히 여기고, 현재의 환경에서 더 나은 것, 더 많은 것을 이루고자 노력한다면 부러움이 독이 아닌 중요한 열쇠가 된다.

완벽한 안정이란 있을 수 없다. 완벽해 보이는 것이라도 베일을 들추어 보면 저마다의 문제와 고충이 자리한다. 그러므로 가질 수 없는 것에 집착하기보다는, 우리에게 있는 것을 더 좋은 방식으로 활용하도록 노력하자. 나는 삶에서 부족한 안정감을 자유로움으로 만들어 보려 한다. 그리고 스스로 통제할 수 없는 불확실성을 대신해 나만의 자율 성과 창의성으로 삶의 빈자리를 채운다.

오늘도 나는 일상을 특별하게 바꾸려 노력하고 있다. 프리랜서로서 늘 불안과 동행해야 한다는 점에는 변함이 없지만, 이 과정 안에서 나만의 특별한 기회와 색으로 삶을 장식할 수 있음을 기억하려 한다. 그것이 나만이 쌓을 수 있는 큰 자산이자 성장의 원동력임을 되새기면서 말이다.

지금도 예전처럼 남의 삶을 부러워하고, 타인의 모습에 매료되기도 한다. 다만 이제는 모든 것을 가질 수 없음을 받아들이고, 내 손안의 것을 소중히 여길 줄 안다. 그리고 남 또한 나의 삶을 부러워하듯, 나 또한 남과 구별되는 나만의 가치를 만들어 가려고 한다.

단단한 아름다움

인플루언서 시장이 점차 커지면서 브랜드와 인플루언서의 협업 방식도 다양해졌다. 예전까지는 인플루언서가 브랜드의 홍보 모델로 활동하거나, SNS 페이지를 통한 광고 및 제품 판매가 주를 이루었다. 하지만 요즘은 기존의 방식을 넘어 브랜드와 손잡고 제품을 개발, 출시하는 시대가 되었다.

나는 그 방식에 긍정적인 편이다. 평소에도 예쁘고 아기

자기한 것을 좋아하고, 그것을 팔로워나 구독자와 다양한 방식으로 공유하고 싶어 했기 때문이었다. 그동안 많은 브랜드의 협업 제안을 받기도 했고, 실제 미팅으로까지 이어져 왔다. 그 자리에서 내가 보여 주고 이야기하고 싶은 것과 함께 브랜드에서 나를 통해 소비자에게 전하고자 하는 바에 관해 많은 이야기를 나누었다.

제품의 개발과 출시는 쉽지 않은 데다 내 이름과 얼굴을 거는 일이기에 더욱 신중한 고려가 필요했다. 실제로 주변에서 제품을 출시했다가 문제가 생기거나, 믿고 샀다가 실망하는 분들을 많이 봐 왔기에 협업 파트너 결정부터 꽤 오랜 시간이 걸렸다. 그렇게 여러 회사와의 논의 끝에 첫 협업 제품인 렌즈를 출시했다. 사람들이 온라인과 오프라인에서 내가 만든 상품을 구매하고 긍정적인 후기를 남길 때, 개발에 투자한 시간과 노력을 모두 보상받는 듯했다.

이후에는 화장품 브랜드를 론칭했다. 처음에는 단기적인 컬렉션 협업으로 시작했다. 그러나 파트너사 및 브랜드와 이야기를 나누면서 개인적으로 드러내고 싶은 이미지와 스토리텔링의 방향성과 가치관이 너무나 잘 맞아서 장기 프로젝트도 기획하게 되었다.

지금까지 뷰티 유튜버로 활동하면서 수많은 화장품을 사용해 왔지만, 정작 화장품이 어떻게 개발되는지에 관한 지식은 부족했다. 소비자일 때는 '왜 이렇게는 안 되는 걸까?', '왜 이렇게 만들었을까?'라는 질문이 머릿속을 수없이 맴돌았다. 하지만 막상 개발에 직접 참여해 보니, 그렇게나마 제품을 구현한 개발자분들이 한없이 존경스러워졌다.

화장품의 내용물은 굉장히 민감하다. 성분과 함량이 조금만 바뀌어도 색과 제형이 크게 변해 버린다. 따라서 원하는 제형을 완벽하게 구현할 때까지 열 번 안팎, 가끔은 그보다 훨씬 더 많은 수정 및 보완 절차를 반복한다.

그뿐 아니라 화장품은 용기에 따라 사용감이 변할 가능성이 있다. 그리고 제형에 따라 사용이 어려운 용기도 있어 부자재 선택도 까다로운 편이다. 게다가 반드시 알아야 하는 화장품 관련 법규도 많아서 제품을 시중에 선보이기까지 꽤 오랜 시간을 쏟아야 했다.

제품 개발에 참여하는 동안은 수익보다 내가 좋아하는 것을 모두와 함께 공유하고 싶다는 마음이 크게 앞섰다. 첫 제품인 팔레트를 기획할 때는 다른 브랜드에서 시도하지 않았던 요소를 과감하게 도입했다. 그 결과, 그라데이션 블러셔와 아이섀도를 팔레트에 포함한 앨범 다이어리 형태의 서랍형 팔레트를 개발했다.

이 제품을 만들기 시작할 때, 제조사에서 제작 단가가 높고 생산도 힘들다는 이유로 만류 의사를 표한 적이 많았다. 실제로 생산 과정에서 크고 작은 문제가 많았기에 날마다 불안 속에서 제품을 무사히 출시할 수 있기만을 바랐다. 반복되는 우여곡절이 지나서야 제품이 세상의 빛을 보게 되었고, 랄라블라 온라인 몰에서 데뷔 무대를 치렀다. 그동안 제품을 사랑해 주신 분들 덕에 그간의 노고도 추억으로 남길 수 있었다.

시간이 지나고 나는 의류 브랜드 론칭을 시작했다. 기획부터 디자인, 제작에 이르기까지 내 손길이 닿지 않은 곳이 없었다. 외부에서 만든 사입 제품을 취급하던 쇼핑몰 시절과는 차원이 다른 경험이었다.

이렇게 나의 색채로 물들인 제품이 한두 가지 늘어 가기 시작했다. 점차 확장되어 가는 제품 라인은 나를 백화점, 레

스토랑 협업 및 단독 팝업 스토어 행사 개최로 이끌었다. 나와 내 제품을 보려고 먼 길을 마다하지 않고 찾아와 긍정적인 에너지를 전해 주신 분들을 직접 만나 이야기를 나누면서 하루를 행복과 보람으로 가득 채웠다.

그중에서도 감회가 남달랐던 행사를 꼽자면, 3층 건물에서 개최한 단독 팝업 스토어였다. 그 행사 하나를 위해 여러 브랜드와 함께 달려왔다. 이처럼 다양한 브랜드와의 협업으로 방문하시는 분들께 팝업 스토어가 색다른 경험으로 와닿을 수 있도록 노력했다. 메이크업에 관한 조언을 팬들 앞에서 직접 진행하는 이벤트도 열고, 포토존도 설치하여 누구나 마음 편히 즐기다 가는 공간이 되기를 바라는 마음으로 행사장을 꾸몄다.

팝업 스토어를 개최하는 동안 많은 팬의 사연을 들었다. 팬들의 고충에 어떻게 답해야 할까를 고민하다 보니 부담감이 들기도 했다. 나의 조언이 결국은 나의 관점과 방식을 거쳐 나오기에 사연자에게 좋지 않은 방향으로 영향을 미치지는 않을까 하는 걱정 때문이었다. 누구나 나를 잘 꾸미고 완벽한 사람이라고 생각하겠지만, 나 또한 여전히 고민에 빠져 끊임없이 길을 잃고 마는 흔한 사람에 지나지 않는다. 특히나 숱한 사람들의 평가를 마주해야 하기에 정답은 무엇이며, 진정한 아름다움은 무엇인지를 객관적으로 판단하기가 참 어렵다.

그중에서도 외모를 꾸미면서 겪는 어려움과 사람들 앞에 어떻게 보이고 싶은지에 대한 많은 사연을 읽었다. 사람들의 사연은 외모 강박이 심한 현대 사회에서 모두가 수많은 고민과 어려움 속에 살고 있으며, 나를 가꾸는 일은 남이 아닌 오로지 '나'를 위한 것임을 깨닫는 계기가 되었다.

다이어트, 성형, 메이크업...

모두 '나'를 배제한 채 남의 말과 시선만을 따라간다면 흔들림은 멈추지 않으며, 거울에 비치는 자신의 부족함만 더욱 눈에 띌 것이다. 외면을 치장하는 것도 명확한 기준으로 자신을 위한 일이 되어야 건강하고 적절한 관리가 가능하다.

가끔은 내 마음속에서도 여전히 갈피를 잃을 때를 틈타

외모 강박이 고개를 들기도 한다. 그렇게 여러 가지 시술을 알아보고, 직접 받기도 하면서 후회한 적도 있었다. 그 순간들을 돌이켜볼 때, 남들의 영향으로 받은 시술은 대부분 후회만을 남겼다. 모두 같은 지구에 살더라도, 눈과 생각은 모두 제각각인데 말이다.

누군가가 지적한 내 모습이 어쩌면 다른 사람에게는 부러움이나 사랑의 대상일 것이다. 그렇기에 나는 외모 강박이 나를 집어삼키려 할 때마다 드는 생각이 하나 있다.

어차피 나를 싫어하는 사람은 내 모습을 바꿔도 계속 싫어하겠지.

이 생각을 계속하다 보면 마음이 편해지면서 나를 달가워하지 않는 이의 마음을 돌리기 위해 애쓸 필요는 없음을 느낀다. 내 인생에서는 내가 가장 중요하다. 그러니 자기 삶의 1순위는 언제나 자신임을 항상 잊지 않았으면 한다.

$$3$$

숨결의
걸음걸이를 따라

82억 분의 1

살다 보면 정말 힘든 일을 다양하게 겪는다. 그중에서도 일상 속에서 가장 어렵고 힘든 일은 바로 사람과의 관계이다. 누구나 다양한 인간관계 속에서 상처와 기쁨을 함께 경험한다. 우리는 하루에도 수없이 많은 사람을 만나고, 그들과 소통하며 살아간다. 하지만 그 과정에서 상처를 주고받다가도, 때로는 깊은 고민의 순간을 맞이하기도 한다.

내가 오늘 실수한 것은 없겠지?

기분이 태도가 되어 상대방을 상처 주지는 않았을까?

진심을 담은 조언이었는데, 어설픈 오지랖으로 보이진 않았을까?

나도 그런 생각으로 밤잠을 설친 적이 한두 번이 아니다. 친구들은 내가 너무 여리고 착한 탓이라고 말한다. 그러나 그 습관은 과거 타인에게서 받은 상처가 쌓여 생겨난 과도한 조심성 때문인 듯하다. 나의 사소한 언행 하나만으로 누군가의 하루를 최고와 최악으로 가를 수 있음을 너무나 잘 알기 때문이다. 그렇지 않아도 모두가 힘든데, 남에게 더 나은 하루를 선사하지는 못할망정 지치게 하지 말자고 스스로 다짐한다. 따라서 나는 사람을 대할 때, 신중한 마음으로 말과 행동을 하기 전에 한 번 더 생각한다.

나는 타인과 마주하는 자리에서 말 한마디와 작은 행동 하나가 상대방에게 미칠 영향을 고민한다. 때로는 조심성이 과한 나머지 나에게 독이 된 적도 있었지만, 상대방의 편의와 행복을 위해서라면 자기희생은 필요하다고 여겼다. 그러나 내 진심과는 달리 호의와 배려를 당연시하면서 나를 이용하려는 사람들도 많았다.

나는 그동안 나보다 타인에게 끊임없이 베풀며 살아왔다. 그때만큼은 내가 누군가에게 도움이 되고, 조금이나마 안락함을 줄 수 있다는 사실 자체로 행복과 뿌듯함으로 마음을 채웠다. 그러나 모두가 내 마음 같지는 않다. 자기희생까지 불사하며 소중히 여기던 사람, 진심을 다한 사람과의 관계도 내 바람처럼 영원할 수는 없다. 그 뒤로 남보다 나를 가장 먼저 돌봐야 함을 깨닫기까지 수많은 상처의 길을 지나왔다.

세상을 살다 보면 인간관계에서 상처받고 힘든 시기를 겪게 마련이다. 세상은 우리를 끝없는 경쟁의 궤도 위에 올려놓은 채 서로 끌어내리려 하는 모습을 그저 지켜볼 뿐이다. 우리는 가끔 상처받기 전에 상대에게 먼저 상처를 주기도 한다. 소중한 친구가 적으로 돌아서기도 하고, 사랑하는 연인에게서 큰 상처를 받으며 괴로운 시간을 보낸다.

가끔은 헤어진 옛 친구와 연인이 미워질 때도 있지만, 그 시간도 결국 내 인생의 한때에 지나지 않음을 깨달았다.

중요하게 여기던 관계라도 시간과의 거리가 멀어질수록 그 의미는 퇴색된다. 이때 마음의 짐을 내려놓고 나면 후련해지는 순간이 찾아온다. 이 사실을 깨달은 이후부터 나는 이미 지나간 사람에게 미련을 갖는 대신, 지금 진정으로 나를 사랑하고 지지하는 사람들에게 에너지를 집중하기로 했다.

나도 인간관계에서 큰 상처를 받았다. 20대에 만났던 남자친구들이 연이어 바람을 피웠다. 그중 한 명은 만난 지 3년이나 된 사람이었다. 심지어 그 사람이 바람을 피운다는 사실을 친구에게 전해 들었는데, 그때 자존감이 땅바닥에 내던져진 듯했다.

모든 사람이 전 남자친구 같지는 않다는 사실을 깨닫기까지 오랜 시간이 걸렸다. 그들이 죄책감도, 아무 생각도 없이 무심결에 버린 쓰레기를 가져가서는 안 되었다. 그 시절의 나에게 필요한 일은 한 톨의 관심조차 주지 않으면서 그들을 놓아주는 법을 배우는 것이었지, 그 사람들을 이해하고 용서하는 것은 아니었다.

내가 그들을 이해하지 못할지라도 당시에는 '각자의 사정'이라는 게 있었을 테지만, 이제는 딱히 궁금하지 않다. 그들의 사정으로 내게 저지른 행동을 정당화할 수는 없기 때문이다. 그러나 예전에는 다들 그만한 사정이 있었고, 그럴 의도는 추호도 없었을 것이라는 생각으로 그들을 이해하려 했다.

물론 그런 방식으로 상대에게서 이유를 찾고 싶었을지도 모르겠다. 하지만 그렇게라도 하지 않으면 원인이 나에게 있으리라는 의심을 지울 수 없었다. 그러나 나를 괴롭히던 과거의 인연은 그저 지나갈 뿐이었고, 그 사람들에게 나의 소중한 삶과 에너지를 소모할 가치가 없음을 깨달았다. 우리는 자신을 소중히 여기고, 그 마음을 지키며 살아야 한다.

이제 화제를 연애에서 친구 사이로 돌려 보자. 나에게도 친구가 전부였던 시기가 있었다. 나는 친구 사이에 오가는 뒷말에 신경 쓰면서 불리한 반응을 보일까 두려운 나머지 하고 싶은 말을 애써 삼키기도 했다.

우리는 관계 속에서 자신의 가치를 낮추거나, 타인의 말과 행동에 휘둘리지 않아야 한다. 사람들은 끊임없이 우리 곁에 찾아와 머무르다 사라진다. 그러니 우리가 정말로 지켜야 할 것은 자신뿐이다. 다른 사람의 비난이나 실망, 배신으로 스스로 회의에 빠져 아파할 필요가 없다. 자기 가치까지 스스로 깎아내릴 필요도 없다. 나를 진심으로 위하는 사람이라면 무슨 일이 생기더라도 언제든지 곁에 남을 것이고, 그렇지 않다면 자연스레 떠날 것이니 말이다. 곁에 있는 사람들이 떠날까 두려운 마음에 자신을 바꿀 필요는 없다.

인간관계를 잘못된 마음가짐으로 대하면 결국 상처받기 마련이다. 삶에서 사람들이 남긴 흔적이나 짐이 쌓이면서 관계란 오히려 내가 간절할수록 복잡하게 얽혀들 뿐임을 깨달았다. 관계는 항상 어느 정도의 거리를 둘 때 건강하게 지속된다.

가족이나 연인처럼 가까운 사람일수록 우리는 서로를 소중히 여긴다고 말하면서도 가끔은 서로를 당연함으로 대한다. 아이러니하게도 나는 가장 사랑하고 소중하게 여기는 사람에게만큼은 말을 아끼기도 한다. 서로의 존재가 너무나 익숙해져 버린 탓에 소중함을 쉽게 잊고 지내기 때문이다. 개인적으로는 사람에게서 독립적일수록 더 강하고 자유로운 내가 될 수 있다고 생각한다. 인간관계의 주도권은 상대방이 아닌 나에게 있고, 내가 주도권을 쥘 때 삶에 균형이 찾아온다.

　자신을 사랑하는 마음, 자존감과 함께한다면 타인에게 자신을 어필하고 인정받으려 애쓰지 않게 된다. 되려 묵묵하게 내면의 안정감을 찾아간다. 반대로 내면이 불안할수록 타인의 사랑과 인정을 갈구한다. 그때마다 나는 남이 아닌 나를 성찰하면서, 내 모습과 손안에 있는 것부터 사랑할 필요가 있음을 마음속에 새긴다. 이처럼 나를 사랑하는 마음이 가장 중요하다. 타인과의 관계는 자신을 충분히 아끼고 소중히 여길 때에야 비로소 건강한 방향으로 나아갈 수 있다.

　살다 보면 나쁜 사람을 만나 상처를 받고 마음의 짐을 떠안기도 한다. 하지만 내가 한 명의 사람을 잃었다고 해서 내 삶이 달라지는 것은 아니다. 세상에는 82억 명이 넘는 사람이 살아간다. 그중 누구를 만나도 내 삶에 진정한 영향을 미칠 수 있는 사람은 몇 되지 않으며, 나쁜 사람과의 관계는 그저 지나가면 그만이다. 오히려 내가 그 사람을 잃었다기보다, 그 사람이 나를 잃었다고 생각하는 게 옳다. 나와 함께 시간을 보내고 이야기를 나누는 것에 큰 의미가 있음을 깨달을 때, 나는 자부심을 느낀다.

돌이켜보면 그 사람과 함께한 순간이 진정으로 행복했던 적은 얼마나 될까? 물론 함께 시간을 보냈다는 사실 자체에 특별한 가치가 있다고 생각할 수 있겠다. 그보다 중요한 것은 내가 그 시간 속에서 무엇을 느꼈고, 그 순간에 행복을 발견했는가이다. 즉 다른 사람의 존재가 행복을 만드는 것이 아니라, 그 순간을 온전히 누리는 자신의 감정이 의미를 부여한다는 것이다.

가까운 사람일수록 소중하게 대해야 하는 것은 지극히 당연하다. 하지만 그 말에 집착하며 자신을 과도하게 희생할 필요는 없다. 관계 하나가 끊어진다고 해서 세상과 단절되는 것은 아니니 말이다. 오히려 집착이 지나칠수록 관계가 변질되어 더 많은 상처를 남긴다. 그러니 타인에게 과한 기대를 품거나, 그들의 반응에 내 감정을 맡기지 않도록 주의해야 한다. 자신에게 오롯이 집중하면서 내면이 흐르는 방향을 들여다본다면, 행복은 우리 안에 있음을 깨닫게 된다.

가끔은 외로움과 고립감을 느끼기도 한다. 그럴 때는 나를 돌보는 것이 필요하다. 자신을 깊이 사랑하는 마음으로 필요한 것을 파악하다 보면, 행복은 타인이 아닌 자신에게서 비롯된다는 사실을 알게 된다. 따라서 외로움을 타인으로 해결해서는 안 된다. 내가 나만의 베스트 프렌드이자 연인이 될 때, 다른 이와 함께하더라도 진정한 행복을 느낄 수 있다.

우리 삶의 울타리를 벗어나려는 사람도 앞으로 펼쳐질 세월에까지 영향을 미치지는 못한다. 우리의 가치는 외부에 의존하지 않고 안에서 찾아 나갈 때 더욱 강해지는 법이니 말이다. 자신이 곧 인간관계의 중심임을 기억하며, '나'를 돌보고 소중히 여기는 방법을 터득해야 한다. 그래야 타인의 시선은 물론 그들을 위한 희생으로부터 자유로워지면서 더 큰 세상으로 걸음을 내디딜 수 있다.

우리 또한 누군가에게는 그저 지나가는 사람이다. 서로의 삶에 잠시 머물다 다시 각자의 길로 향해 나아가는 것이 세상의 이치다. 그리고 내가 누군가를 소중하게 여기더라도, 그들은 내가 아니니 내 마음 같을 수는 없다. 그러니 언제든지 건강한 방식으로 인간관계의 고리를 놓아줄 준비가 되어 있어야 한다.

우리에게는 생각 외로 가까운 거리에 나를 아끼고 사랑

하는 사람도 많다. 그러니 각자 충분히 사랑받을 가치가 있는 사람임을 잊지 말자. 나는 내 삶의 주인이고, 내 행복도 나에게 달렸다.

사회생활 속에서도 우리는 수많은 사람과 여러 관계로 이어지지만, 대부분은 스쳐 가는 인연에서 그친다. 그러니 지나간 인연의 아쉬움과 미련은 내려놓고, 지금 우리 곁을 지키는 사람들에게 감사를 표하자. 자신을 가장 소중히 여길 수 있을 때, 비로소 사람들과 건강한 관계를 맺으며 진정한 사랑을 주고받을 수 있다.

우리를 스쳐 지나가는 이들은 그저 약 82억이라는 숫자 속 '1'일 뿐이다. 어쩌면 우리 인생에서 단 한 번만 지나칠, 어쩌면 기억에도 남지 않을 사람일 것이다. 이처럼 우리의 안녕을 조금이라도 빌 생각이 없는 사람을 위해 자신을 소모하지 않기를 바란다.

시시포스의 굴레

인간이라는 존재의 숙명인지는 모르겠지만, 모두가 저마다 무거운 짐을 짊어지며 살아간다. 가끔은 그 짐이 한 발조차 내딛기 어려울 정도로 몸을 짓누르는 순간이 오기도 한다. 그럴 때마다 그 무게를 모두 감당하기보다 잠시 내려놓은 채 가벼움을 만끽하는 것도 괜찮다. 모든 것을 벗어두고 잠시 쉬어 가기란 끊임없이 찾아오는 삶의 어려움을 버티는 기술이다.

가끔은 무언가를 포기하거나 내려놓아야 새롭고 가벼운 발걸음으로 다시 시작할 수 있다. 무조건 계속해서 달리는 것만이 능사는 아니다. 감당할 수 없는 무게를 버티면서 일어서려 무리하는 순간, 힘을 더 내지 못하거나 회복 불능에 가까운 문제가 생기기도 한다.

그러나 힘든 순간에도 포기하지 말고 버티라는 말로 자신을 다그치고 압박하는 이들이 여전히 많다. 삶의 무게란 무작정 버틴다고 해서 가벼워지지 않는데도 말이다. 오히려 짐을 벗고 잠시 숨을 고르며 여유를 누릴 때, 비로소 보이지 않던 해결책이 눈앞에 나타나기도 한다. 내려놓기는 실패와 동의어가 아니다. 우리를 위한 재충전의 시간이며, 새 출발을 위한 준비 과정이다.

세상에는 노력만으로 바꿀 수 없는 일들이 너무나 많다. 이미 일어난 일, 타인의 행동이 특히 그렇다. 모두 내 통제권 밖의 일이니 말이다. 그런데 우리는 그 시간을 돌아보며 '내가 더 잘했다면, 강했다면 어땠을까?'라는 생각으로 자책하며 자신을 몰아세운다. 자책으로 모든 일이 말끔하게 해결된다면 얼마나 좋을까. 하지만 나는 그 생각에 얽매여 몸과 마음이 지치고 무거워져만 갔다.

이럴 때는 괜찮다는 말로 자신을 위로하고 보듬을 수 있어야 한다. 가끔 타인으로 말미암아 내 의지로 어찌할 수 없는 힘든 순간이 닥쳐올 때, 나는 그 순간을 잠시나마 잊으며 작은 변화를 이루는 데 힘쓴다. 그중에서도 나와 내 행복에 특별히 주력하는 편이다. 예를 들어 평소에는 자기 관리를 위해 먹지 않았던 맛있는 음식을 먹거나 예쁜 것들을 보러 가기도 하고, 내가 좋아하면서 작고 귀여운 소품을 산다.

그렇게 잠시나마 마음의 짐을 내려놓고 가벼운 마음으로 시간을 보내다 보면 우울함에서 벗어나 활기를 되찾는다. 이처럼 짧은 순간에서 만끽하는 가벼움은 우리에게 계속해서 나아갈 힘을 준다. 어렵게 생각하지 말고, 우리대로 할 수 있는 작은 일부터 시작해 보자.

삶 속에서 부딪히는 수많은 어려움을 이겨 내는 여정에 거창한 목표는 중요하지 않다. 삶의 무게가 도저히 감당하기 힘들 정도로 우리를 내리누를 때는 없는 힘까지 쥐어짜면서 무리할 필요는 없다. 우리가 다치지 않으면서 조심스럽게 마음의 짐을 내려놓을 방법을 생각해 보자. 우리 능력 밖의 일에 골몰하며 삶을 비관하기보다는 행복을 찾는 새로운 방법과 건강한 극복 방안을 찾아보자. 답은 생각보다 간단한 곳에 있을지도 모른다.

갑작스러운 실직이나 질병, 결별 같은 일로 삶의 무게가 너무나 무겁게 체감될 때는 사건을 있는 그대로 받아들여도 괜찮다. 받아들임은 상황에 굴복했음을 나타내지 않는다. 오히려 생산적인 일에 에너지를 더욱 집중함으로써 또 다른 성과를 이루는 발단이 된다.

그렇다고 눈앞의 힘든 일을 모두 회피하라는 뜻은 아니다. 힘든 순간에 감정을 억누르기보다 충분히 느끼는 것도 중요하다. 슬픔, 분노, 좌절감을 억지로 지우려 한다면, 그 감정은 우리 손이 닿지 않는 곳에 쌓이기 시작한다. 그러니 감정을 인정하고 느끼는 일은 결코 나쁜 것이 아니다. 오히려 당연한 일이다.

개인적으로는 힘든 일이 생길 때마다 며칠 동안 밥도 제대로 먹지 못할 만큼 부정적인 생각을 떨쳐 내기가 힘들었다. 이런 상황 속에서 스스로 지나치게 감정적이고 나약하니 좋지 않은 일이 자주 찾아오는 것은 아닐까 생각한 적도 있었다. 하지만 그 생각은 나를 괴롭히기만 할 뿐, 문제에서 벗어나는 데 도움이 되지 않았다. 우리는 가끔 자신에게 관대할 필요가 있다. 나에게 가장 큰 위로를 건넬 수 있는 사람은 결국 나다.

완벽한 성과,

완벽한 인간관계,

완벽한 미래 계획.

사회에서는 종종 실현 불가능한 '완벽'을 우리에게 요구라도 하듯 삶의 모든 요소에 대입한다. 우리는 그 사실을 알면서도 불가능을 위해 자기 착취를 감행한다. 그러나 인간은 날 때부터 불완전한 존재이니 완벽하지 않아도 괜찮다. 이 말을 마음속에 새긴다면 마음의 무게는 한층 가벼워질 것이다.

또한 업무에 대한 지나친 책임감으로 번아웃에 빠지는 사람도 많다. 어떤 프로젝트라도 작은 실수조차 허용하지 않는 100%의 완성도를 보여야 한다는 압박감에 시달리면서 건강까지 잃기도 한다. 그러다 내가 없을 때, '내가 아니어도 잘 돌아가는구나.'라는 생각이 들기도 한다.

나는 모든 일을 혼자 하기에 번아웃이 찾아온다면 더 불안해진다. 나를 대신해서 일을 해 줄 사람도 없으니, 조금이라도 쉬는 순간 사람들에게 잊히지는 않을까 하는 생각으로 힘겨웠다. 휴식이 필요할 때조차 부담감에 제대로 쉬지도 못했다. 그러나 막상 영상을 몇 주나 올리지 않아도 나를 잊거나 비난하는 사람은 단 한 명도 없었다.

오히려 번아웃이 왔다고 솔직하게 고백했을 때, 사람들은 걱정과 함께 나를 위로하고 기다려 주었다. 굳이 내가 아니라도 세상만사가 흘러가는 데는 지장이 없으니, 일의 우선순위를 재정비하면서 자신을 위해 여유를 베풀어야 한다. 우리는 과도한 책임을 지지 않아도, 실수해도 괜찮다. 나의 불완전함을 인정하는 것에서 더 건강하고 지속 가능한 삶이 시작된다.

우리는 타인의 틀에 자신을 끼워 맞추려 애쓴다. 집에서는 부모님, 직장에서는 상사, 사적으로는 친구의 기대에 모두 부응하려 한다. 그러다 보면 자신을 잃어버리고 만다. 다른 사람보다는 자신을 위해 사는 삶을 선택하자.

이처럼 집안의 기대를 따르면서도 마음속에는 이미 다른 꿈을 품으며 열심히 공부하는 주인공을 어딘가에서 한 번쯤 본 적이 있을 것이다. 주인공은 처음에 수많은 반대에 부딪히지만, 결말에는 풍요로워진 자신의 삶을 돌아보면서 그때의 결심이 헛되지 않았다고 뿌듯해한다. 마찬가지로 우리도 다른 사람의 기대를 내려놓고, 원하는 것을 선택할 때 진정한 자유를 느낄 수 있다.

우리는 타인에게 받은 상처로 괴로워하며, 소중한 사람과의 결별이 주는 무게에 다시 일어서기 어려움을 느끼곤 한다. 이 상황에서 우리의 마음을 지키려면 '그럴 수도 있지!'라는 생각으로 그저 흘려보내야 한다. 별다른 이유 없이 나를 미워하면서 상처를 주는 사람을 바꾸려고 애쓸 필요는 없다. 그냥 무시하는 것이 상책이다. 살며 사고하는 방식은 각자 다른데, 모두를 이해하려는 노력은 그저 우리의 에너지만 허비하는 꼴이다. 우리는 나와 맞지 않는 사람, 나를 진심으로 위하지 않으면서 상처만 주려는 사람을 억지로 붙잡을 필요는 없다.

그리고 내가 겪은 대부분의 고난과 아픔은 시간이 흐르며 자연스럽게 아문 적이 더 많았다. 부정적인 사건에 몰두하면 우리의 에너지마저 부정적으로 물들기 마련이다. 그러니 직접 해결할 수 없는 일은 시간이 모든 걸 해결할 것이라는 마음으로 짐을 내려놓아도 괜찮다. 시간이 약이라는 말도 있지 않나.

이별을 비롯하여 사랑에 아픈 순간도 마음속에 영원히 남을 것처럼 우리를 괴롭히기도 한다. 누구나 한때 사랑하던 사람을 인생에서 완벽하게 지워 낼 수 없을 것 같은 생각에 빠져 두려워진 적도 있지 않은가. 그러나 우리는 그 또한 지나갈 것이며, 다른 사람을 만나 새로운 사랑을 시작할 것임을 안다. 그동안 지나온 사랑과 이별의 시간에도 수많은 슬픔이 고였지만, 그때도 내가 할 수 있는 것은 없었다.

나에게 일어난 지금의 상황을 걱정하고 신경 쓰는 것으로 해결할 수 있다면, 애초에 그 일은 일어나지도 않았을 것이다. 그랬다면 내 인생은 행복으로만 가득했을 것이다. 세상에는 내 힘으로 어쩔 수 없는 것도 있다. 그럴 때는 그냥 다른 것에 집중하며 그 순간이 지나가기를 기다리면 된다.

무거운 짐을 내려놓는 가장 좋은 방법은 바로 현재에 충실하는 것이다. 과거의 실패와 미래에 대한 걱정은 우리의 능력으로 해결할 수 없는 영역이다. 다만 우리가 당장 할 수 있는 일에 집중한다면, 무거운 짐도 가벼워질 것이다. 무한에 가깝게 이어지는 짧은 순간이 우리의 삶을 만든다. 그 순간을 하나씩 마주하며, 지금을 살아가는 연습을 해 보자. 그 연습이 우리의 삶을 훨씬 더 가볍게 만들어 줄 것이다.

삶의 무게는 누구에게나 공평하다. 다만 그 무게를 어떻게 다룰지는 우리의 선택에 달렸다. 내려놓아도 괜찮다. 부담을 벗고 홀가분해지는 것도 가장 현명한 선택이 될 수 있으니 말이다. 이처럼 우리는 가볍고 자유로운 발걸음으로 삶의 길을 나아가야 한다.

밤은 또 찾아오겠지만

다가오지 않은 내일은 지나간 시간보다 더욱 조심스럽고 무겁다. 그래서인지 우리는 미래의 일에 더 많은 걱정을 쏟으며 살아간다. 때로는 끝없는 밤이라는 터널을 계속해서 달려 나가는 듯한 기분이 들지 않았는가. 그 끝에 태양이 우리를 기다릴 것이라는 희망이 가슴 한편에서 반짝이고 있지만, 어디까지 왔는지조차 모를 어둠 속에서는 그마저도 희미해진다. 내가 원하는 내일이 오지 않을 것이라는, 앞날에 대한 걱정과 초조함으로 잠들기가 두려워지기도 한다.

미래는 불확실하기에 우리가 감히 예측할 수 없다. 그렇기에 우리에게 더 많은 걱정과 불안을 안겨 준다. 내가 걱정하는 일이 확실하게 벌어지는지도, 언제 어떻게 찾아오는지도 모른다. 우리는 그 불확실성 앞에서는 암울함을 헤매는 미아가 되어 버린다. 하지만 나는 그 순간에도 자신을 다잡는 힘을 길러 왔다. 그 힘은 간단하다. 아직 오지 않은 내일을 미리 걱정하지 않고, 오늘을 살아가는 힘이다.

시험을 망치면 어쩌지?

면접에서 떨어지면?

아니면 지금 하는 일이 실패해 버리면?

우리는 흔히 '최악의 사태'를 가장 먼저 떠올리며 걱정한다. 그 생각은 가끔 완벽하고 꼼꼼한 준비를 가능케 하는 원동력이지만, 대부분 불필요한 불안과 초조함만을 남긴다. 달리기를 시작하기 전부터 지칠 때까지 몸을 푸는 격이다. 그러면 당연히 달릴 힘이 나지 않는다.

나도 오지 않은 미래를 갖은 방식으로 상상하며 괴로워했다. 그때는 최악의 상황에 대비할 계획을 세움으로써 보다 나은 결과를 가져올 것이라고 믿었다. 그러나 그 믿음으로 '오늘'을 놓치고 있다는 사실은 깨닫지 못했다. 미래가 주는 불안함은 성장의 묘약이 아니었다. 도전할 용기와 끝까지 해낼 끈기를 꺾어 놓고, 불확실함에서 도망치도록 한 독약이었다.

티끌 만한 사소함에도 온갖 걱정과 불안에 시달리는 나는 중요한 일이 있을 때까지 편히 지낸 적이 없었다. 내가 당장 할 수 있는 것이 없을 때도 일어나지 않은 일에 초조해했다. 그때의 심경으로 지금의 나를 위한 일과 더불어 하루의 행복까지 놓쳐 버렸다. 맛있는 음식을 먹을 때도, 친구를 오랜만에 만나도 그 시간에 집중하지 못했다. 내일을 걱정하는 데 시간을 허비하느라 더 나은 미래를 만들기 위한 노력은 뒷전이었다. 이런 상황은 나를 불행하게만 할 뿐 더 나은 미래를 만들어 주지는 않음을 알면서도 말이다.

우리가 하는 걱정은 대부분 실제로 일어나지 않는다. 사람들이 미리 걱정한 일 가운데 약 85%가 발생하지 않는다고 한다. 걱정은 생존을 위해 위험을 예측하고 대비하려는 인간의 본능일지도 모르겠다. 하지만 요즘 하는 걱정은 과거에 비하면 생존과 그다지 직결되지 않는 경우가 많다. 현재 우리는 성취와 실패, 인정과 거절의 문제로 미래를 걱정한다. 그리고 불안은 우리의 머릿속을 장악하면서 현재의 소중한 순간들을 빼앗아 간다. 그렇게 우리는 더 큰 고통을 선택하기에 이른다.

과거의 경험처럼 걱정이 지나치면 출발점을 떠나기 전부터 지쳐 버린 탓에 달릴 생각조차 사라진다. 우리는 그렇게 불행을 자처하지만, 걱정이 무색하게도 때가 되면 별일이 아닐 때가 많다. 그러면 우리는 대체 무엇을 위해 그날의 행복을 놓치면서까지 앞날을 걱정했을까?

불안을 넘어설 희망이 보이지 않을 때는 오늘에 집중해 보자. 불가능한 것에 매달리기보다 우리가 지금 당장 할 수 있는 일에 신경 쓰자. 이처럼 적은 노력이라도 우리 앞에 더 나은 내일을, 나아가 미래를 만들어 줄 것이다. 그러니 걱정은 잠시 접어 두고 행동하자. 행동으로 성장하면서 마음속에 꿈틀대는 걱정을 지워 보자.

구체적으로 지금 내 발밑을 떠받치는 길을 한 걸음씩 걸어 나가 보자. 나는 나만의 방식으로 작은 습관을 만들었다. 아침에 눈을 뜨면 오늘 할 수 있는 일부터 떠올리는 것이다. 일어나지도 않은 내일의 일을 걱정하기 전에 오늘 할 수 있는 일에 집중하는 나만의 연습이었다.

우리는 학창 시절, 특히 대학 입시를 앞둔 고3 시절에는 학교 시험이나 수능에 대한 압박감으로 밤잠을 설치곤 한다. 이 시기에는 모두 실수하거나 실력이 부족하다면 낮은 점수를 받으며, 좋은 대학에 들어갈 수 있을까 걱정한다. 그 걱정은 가족과 주변에서 실망하리라는 두려움으로 번져 간다. 대학교가 전부였던 그때는 미래가 망가질지도 모른다는 불안까지 밀려왔다.

하지만 우리에게 정말로 필요한 것은 충분한 잠, 그리고 교과서와 책을 펴는 작은 실천이었다. 그런 행동이 우리를 동틀 무렵으로 이끈다. 물론 이 말이 목표를 이루어 성공하기 위해 자신을 착취적으로 대하라는 뜻은 아니다. 현재 내가 할 수 있는 일에 집중해야 한다는 것이다.

걱정과 불안으로 밤을 지새는 것보다 조금이라도 휴식

을 취하면서 몸과 마음을 돌보는 것이야말로 최선의 방책이다. 꼭 대단한 것이 아니어도 좋다. 아직 오지도 않은 미래를 걱정하며 소중한 순간을 놓치기보다는 지금의 나를 조금이라도 행복하게 할 만한 것을 찾아 실천해 보자.

건강에서 돈, 연애, 대인관계에 이르기까지 이유는 제각각이지만 모두 터널 안을 달리고 있다는 점은 같다. 우리는 여전히 깜깜한 밤을 지나고 있음을 잊지 말자. 그 어둠 속에서 무엇을 마주할지는 아무도 알 수 없다. 하지만 걷는 동안 어스름한 빛이라도 느낄 수 있다면, 그 찰나의 순간을 온전히 즐기자.

그러니 앞으로의 문제를 걱정할 시간에 지금의 아름다움 속에서 행복을 누려 보자. 밤이 너무나 어둡고 길게만 느껴져도 앞날에 대한 두려움과 걱정에 힘을 모조리 써 버린다면 눈앞의 행복과 앞으로 펼쳐질 찬란한 여정까지 놓치고 만다. 그러니 불안에 지쳐 멈추는 대신, 현재 속에서 나아갈 힘을 찾길 바란다.

나는 종종 기나긴 밤 속에서 새로운 나를 발견하곤 했다. 누군가의 이야기처럼 거창한 깨달음은 아니다. 다만 오늘의 나를 소중히 여기면서 지금 할 수 있는 작은 일에 집중할 때, 나를 위한 일이 그토록 많음을 깨닫는다.

사소하게 여겼던 소소한 기쁨,

내 곁을 지키는 소중한 사람들의 마음,

당연하게만 생각했던 세상의 아름다운 풍경.

그 순간에 집중하다 보면 이미 많은 행복이 내 안에 자리하고 있음을 깨닫는다. 좋아하는 음악 한 곡, 책 한 페이지, 한 번의 산책처럼 대단한 것은 아니다. 하지만 그 소소한 행동이 하나둘 모이면, 나를 지탱하면서 앞으로 나아갈 큰 힘이 되어 줄 것이다.

우리가 걱정하는 내일은 과연 언제일지 가끔 생각해 본다. 우리는 언제나 내일을 기다리지만, 정작 그 내일이 오늘이 되면 또다시 다음날을 걱정하며 시간을 보낸다. 결국 불확실한 미래보다 현재에 충실한 삶이 가장 중요하다.

우리는 완벽한 내일을 꿈꾸며 살아가지만, 인생의 길에서 완벽한 결과는 쉽게 찾아오지 않는다. 그리고 우리에게는 매일 새로운 내일이 찾아온다. 내일만 걱정하고 산다면, 하루하루가 불행해질 수밖에 없다. 우리는 어둠을 지나면서 예상치 못한 깨달음을 얻고, 어려움 속에서 새로운 길을 발견하며, 이전에는 보지 못했던 빛을 마주하기도 한다. 때로는 장애물에 부딪히지만, 결국 우리는 이겨 내고 나아간다. 넘어서지 못할 장애물은 없다. 그러니 너무 불안해하지 말자.

이 밤의 끝은 분명히 존재한다. 그러나 그 끝을 초조하게 바라보기보다 자신의 발걸음을 믿고 나아가는 것이 중요하다. 내일에 매몰되지 않고 오늘을 살아가는 힘은 계속해서 앞으로 나아갈 용기를 주기에 단순한 위로 이상의 의미를 지닌다.

이제부터 잠시 눈을 감고 멈춰 보자. 그리고 괜찮다는 말로 자신을 다독이자. 눈앞에 보이는 존재를 자세히 들여다보고, 손에 쥔 것을 살펴보자. 그리고 무엇이든 해낼 수 있다는 용기로 다음 발걸음을 내딛자. 내일은 여전히 불확실하다. 다만 그 안에서도 우리가 행복해야 할, 그리고 행복할 수 있는 이유는 충분히 많을 것이다.

그래, 그럴 수도 있지

인생은 아주 긴 여행과도 같다. 우리는 낯선 여행지에서 길을 잘못 들어 예상치 못한 곳에 다다르기도 한다. 대부분은 길을 되돌아가거나 새로운 길을 찾아 나서기 마련이지만, 막상 삶에서 이런 순간을 맞닥뜨리면 모든 것이 끝난 것 같기도 하다. 계획했던 일이 실패로 끝나거나 예상치 못한 문제로 더 나아갈 수 없을 때 쉽게 좌절에 빠지기 때문이다. 하지만 우리는 이 순간이야말로 새로운 목적지를 설정할 기회라는 사실을 기억해야 한다.

막다른 길은 실패를 의미하지 않는다. 오히려 새로운 가능성을 발견하는 계기가 될 수 있다. 길을 잘못 들어도 숨은 명소를 발견하거나, 목적지로 더 빨리 향하는 지름길을 찾기도 한다. 이처럼 인생에서도 예상치 못한 상황이 오히려 더 나은 방향으로 이어지기도 한다. 우리의 인생은 어떻게 흘러갈지 알 수 없으니 말이다.

내게는 원하던 대학에 떨어져 힘들어했던 친구가 있다. 의욕도 넘치고 성실했는데, 운이 좋지 않게도 수능 당일 몸이 좋지 않아 평소 성적의 80%도 받지 못했다. 이 문제로 친구뿐 아니라 그 가족과 주변 사람까지 안타까워했다. 주변에서는 그동안의 노력이 아까우니 재수를 권했지만, 친구는 다른 길을 택했다.

친구는 재수 대신 학창 시절부터 오랫동안 꿈꿔 왔던 사업을 시작했다. 다행스럽게도 친구는 여전히 사업을 잘 가꿔 나가는 중이다. 사업의 꿈은 친구가 대학 생활과 취업을 거쳐 먼 미래에 이루려던 목표였지만, 예상치 못한 실패가 친구의 오랜 꿈을 앞당기는 계기가 되었다.

친구는 대학 입시에 성공했다면 사업의 꿈은 물 건너갔을 것이라 말한다. 그랬다면 친구는 4년을 공부와 대외 활동을 비롯한 취업 준비로 정신없이 보내다가, 졸업 후에는 남들을 따라 취업에 급급해지면서 별다른 고민 없이 같은 길을 따라가지 않았을까. 그때 주변에서 모두 실패라고 생각했던 일이 친구에게 더 많은 가능성을 열어 주었다.

물론 친구도 처음에는 미련이 남기도 했다. 원하던 대학교에 합격해 캠퍼스의 로망을 만끽하는 다른 친구들의 모습을 부러워하면서, 지난 실패가 너무 뼈저리게 느껴져 좌절한 적도 있었다고 말한다. 당시에는 정말 힘들었지만, 지금은 그날의 실패가 감사하다고 한다. 그때의 일이 더 큰 성공으로 향하는 열쇠였음을 깨달았기에.

우리는 인생을 곧게 닦인 길처럼 생각한다. 하지만 실상을 들여다보면, 우리 삶은 예측할 수 없는 굽잇길과 갈림길의 연속이다. 막다른 길 위에 서게 되더라도 멈춰 있을 필요는 없다. 굽잇길이라도 천천히, 조금씩 나아가 보자. 더 앞으로 갈 수 없이 험난한 길에 접어들어도 방향만 다시 정하면 될 일이다. 이제 막다른 길의 끝만을 우두커니 바라보는 대신, 다른 곳으로 고개를 돌려 보자. 그것이 우리가 삶 속에서 성장하고 나아가는 방법이 될 것이다.

물론 새로운 길이 더 험준한 길이나 내리막길일 수도 있다. 평소의 안정감을 대가로 큰 꿈을 이루고자 과감하게 도전한 첫 사업이 실패로 끝날 수도 있다. 힘든 상황 속에서 용기 내어 뛰어들어도 일이 마음대로 풀리지 않는 모습을 보며, 모든 것을 잃은 듯한 절망감에 빠지기도 할 것이다. 그 순간에도 실패 속에서 배운 교훈으로 또 다른 기회를 연다면, 막다른 길이 더 나은 방향으로 우리를 인도할 전환점이 될 것이다.

막다른 길에 들어섰을 때 필요한 것은 자책이나 절망이 아니라, 우리에게 시간을 주고 다시 방향을 설정하는 용기와 여유다. 잘못 든 길에서도 새로운 사람을 만나고, 색다른 기술을 배우거나, 자신을 더 알아 가기도 한다. 그러니 막다른 길을 한계로 여기지 말고, 시각을 바꿔 보자. 한계를 넘어서는 힘은 새로운 관점에서 탄생한다.

또한 한발 물러서서 큰 그림을 다시 그려 보는 것도 중요하다. 당장은 모든 것이 끝났다는 생각이 들겠지만, 이는 새로운 막이 열리는 전환점일 뿐이다. 장면이 지나가도 이야기는 끝나지 않는다. 오히려 그다음부터 더욱 흥미롭고 의미 있는 이야기가 우리를 기다릴 것이다.

계속해서 방향을 찾아도 올바른 길이 보이지 않을 때는 두렵고 지치기도 할 테다. 하지만 두려움은 성장의 기회를 제공한다. 새로운 취미를 시도하거나, 오랜 습관을 버리거나, 일상을 조금은 다르게 접근하는 것도 좋은 시작이 될 것이다. 이렇게 작은 변화부터 시작하다 보면, 새로운 길을 찾는 데 도움이 될 것이다. 우리가 길을 잘못 들었다고 해서 여행을 포기하지 않는 것처럼, 인생에서도 다른 경로를 찾아 목적지에 도달할 방법을 고민해야 한다.

삶에서 막다른 길을 만나는 것은 필연적이다. 하지만 중요한 것은 그 순간에 어떻게 반응하느냐이다. 좌절 속에 머물 것인지, 아니면 새로운 길을 찾아 나설 것인지 말이다. 삶은 우리가 선택하는 길로 채워진다. 막다른 길은 새로운 목적지를 설정하라는 신호일 뿐, 결코 끝이 아니다. 그러니 당신이 지금 어디에 서 있든, 무엇을 경험하든, 새로운 방향으로 발걸음을 내딛기를 두려워하지 말자. 밝은

미래는 언제나 당신 앞에 펼쳐져 있으니, 방향만 다시 잡으
면 된다.

행복의 보법

내 삶은 내가 정의한다. 누구도 내 삶을 정의할 수도, 그 기준을 정할 수도 없다. 행복의 기준도 마찬가지다. 인생의 길을 어떻게 걸어가야 하느냐는 오로지 나의 몫이다. 그 길 위에서 추구하는 삶과 행복을 정하는 주체는 결국 나 하나뿐이다.

음식이나 장소에도 사람마다 평가가 엇갈린다. 이처럼 누군가 최고라 여기는 것에도 기억하고 싶지 않을 정도로 최악이라는 반응을 보이는 사람도 있는 법이다. 이처럼 사소한 대상 하나에도 저마다 다른 생각과 감정이 얽혀 있다. 특히나 그보다 더욱 복잡한 삶의 여로는 누구도 평가할 수는 없다.

완벽해 보이는 타인의 삶을 그대로 가져온다고 해도, 우리가 완벽하다고 할 만한 부분은 극히 일부에 불과하다. 그리고 동경하는 삶이 누군가에게는 전혀 매력적이지 않을 수도 있다. 따라서 남과 비교하며 삶과 행복의 기준을 바꿀 필요는 없다. 남의 잣대에 나를 맞추기보다 자기만의 속도와 방향으로 인생을 정의하는 것, 그것이 진정한 행복을 향해 가는 길이 아닐까 한다.

누군가는 혼자보다 타인과 함께하는 시간을 더 즐길 수도 있다. 하지만 나는 온전한 나만의 시간 속에서 좋아하는 것을 하며 느끼는 소소한 행복을 선호한다. 한때는 대단한 부를 꿈꾸고 값비싼 명품을 몸에 두르며 세상의 좋은 것만 누리기를 원한 적도 있었다. 그러나 시간의 길을 따라가다 보니, 행복은 그런 것에서만 찾아오지 않음을 깨달았다.

명품에 큰 관심 없이 그저 예쁘고 귀여워 보이는 물건을 좋아하는 나도 주변에서 주기적으로 산 명품을 SNS에 자랑하는 사람을 보면서 흔들렸던 순간이 있었다. 그 사람들의 현실을 알고 있었음에도, 나는 그 여유를 부러워하면서 단순히 보기 좋은 모습과 비교해 왔다. 그 생각으로 나는 원하지도 않던 명품을 산 적이 있었다. 사고 보니 예쁘기는 했지만, 그만한 가치가 있지는 않은 선택이었다. 이를 계기로 내가 원하는 것과 행복을 느끼는 것이 무엇인가를 다시 고민하기 시작했다.

지금은 남의 것을 더는 부러워하지 않고, 나만의 속도와 보법으로 소소한 행복에 집중하는 편이다. 나보다 뒤늦게 시작했지만, 성공적으로 활동하는 수많은 유튜버처럼 말이다. 그 사람들이 처음 유튜브를 시작할 때 느낀 어려움과 두려움에 깊이 공감한다. 대중의 평가와 관심에 따른 불안에도 그들은 자신만의 길을 선택했고, 좋은 성과를 얻었다. 주변의 시선과 평가에도 포기하지 않고 자신을 몸소 증명해 낸 것이다.

이 외에도 '제주도 한 달 살기'가 유행할 때 제주도로 이주한 친구가 있다. 처음에는 무모한 선택이 아닌가 싶었다. 국내 최대 관광지로 손꼽히기는 하지만, 서울에 비하면 인프라가 턱없이 부족하기에 생활이 쉽지 않을 거라는 생각에서였다. 그러나 그 친구는 여전히 제주에서의 삶을 즐기며 행복한 나날을 보내고 있다. 친구의 결단력과 자신만의 방법으로 행복을 찾아가는 모습은 나에게 깊은 인상을 남겼다.

나 또한 완벽하지 않아도, 남과 다른 길을 걷더라도 그 길에서 느낄 수 있는 작은 행복과 즐거움에 집중하려 한다. 언젠가 평생을 함께할 사람과 경치 좋은 곳에서 남들의 시선에 구애받지 않고 단둘이 평온하고 행복한 시간을 보내면 참 좋겠다는 생각이 들기도 한다. 나는 사람들의 기준에서 벗어났을 때, 비로소 내가 누릴 수 있는 행복이 얼마나 큰지를 알게 되었고, 놓치는 행복도 참 많다는 사실을 깨달았다.

우리는 비교 속에서 불행과 오해에 시달린다. 성공한 사업가의 삶이 완벽해 보이겠지만, 그들이 감당할 책임과 스트레스는 직접 경험하지 않고서는 알 수 없다. 우리가 부러워하는 사람도 저마다 고민과 걱정을 안고 있다. 우리 눈에 보이는 성공이 전부는 아니다. 남과 비교하지 않고 내 방식을 찾아갈 때, 비로소 진정한 삶의 의미가 눈을 뜨기 시작할 것이다.

행복의 기준은 상대적이기에 그 형태도 제각각이다. 누군가에게는 명품과 성공이 행복의 전부이겠지만, 다른 이는 시골에서 자급자족하는 삶에서 만족할 것이다. 이처럼 남에게 보여 주고 싶은 모습이 아닌, 좋아하는 것과 행복을 느끼는 때를 아는 것이 중요하다.

사랑하는 사람과 맛있는 음식을 먹으며 이야기를 나누는 것, 집에서 술 한 잔과 함께 좋아하는 애니메이션이나 노래를 감상하며 하루를 마무리하는 것이 나의 큰 행복이다. 이처럼 소소하지만 확실한 행복은 지금보다 더 많은 것을 요구하지도 않는다. 이러한 삶은 내 마음을 훨씬 충만하게 한다.

때로는 돌아가는 길에서 더 많은 것을 배우고 경험하는 값진 기회가 되기도 한다. 남의 눈에는 느리고 무가치해 보이더라도, 자신의 삶을 소중히 여기는 자세에는 무엇과도 바꿀 수 없는 가치가 있다. 그러니 남보다 늦게 시작하거나 돌아가는 길을 택하더라도, 그 과정에서의 경험은 모두 자기만의 인생을 만들어 갈 자산이 된다.

또한 누구에게나 가장 빠르다고 알려진 길이 최선의 길이 아닐 수도 있다. 그러니 조급해하거나 후회하지 말고, 우리만의 방식대로 행복을 찾도록 하자. 예상보다 더 오랜 시간이 걸리는 길에 들더라도, 그곳에서 남들이 볼 수 없는 아름다움을 눈에 담을 수 있을 것이다. 당장 남보다 뒤지는 듯한 느낌이 들더라도, 언젠가는 그들보다 한참을 앞서 나갈지 모를 일이다. 있는 그대로의 모습으로, 그동안 비교와 불평으로 놓친 행복을 다시 돌아보자.

4

그 모든
사소함에 사랑을

품속의 세계

살다 보면 내가 가진 것보다는 그렇지 못한 것에 마음을 빼앗긴다. 심지어 내가 이루지 못한 것, 경험하지 못한 것까지 모두 섭렵한 사람들을 부러워하며 비교하고 질투하기도 한다. 물론 이런 감정은 사람이라면 자연스러운 것이기는 하지만, 너무 깊이 빠지다 보면 내가 움켜쥔 것들의 소중함을 잊기 쉽다. 한마디로 나에게 없는 것을 바라보며 아쉬워하는 동안, 지금 손안에 있는 것의 가치를 깨달을 기회를 놓친다는 것이다.

직장인들은 반복적인 일상에 지루함을 느끼면서 자유롭게 일하고 큰 성취를 이루는 듯 보이는 사업가를 부러워한다. 직장 생활이 주는 안정적인 수입에 만족하지 못하고, 더 많은 수익을 올리는 사람들을 보며 상대적 박탈감을 느끼기도 한다. 하지만 정작 사업가는 직장인의 안정적인 생활을 부러워한다. 구체적으로 운영에 관해 무거운 책임을 지지 않아도 되고, 일과 휴식의 경계가 명확한 삶에서 비롯되는 편안함을 동경한다.

우리에게 없는 것을 바라며 더 나아지려는 마음은 건강한 삶의 원동력이 되기도 한다. 발전을 향한 열망은 긍정적인 변화의 계기가 되기 때문이다. 하지만 그 마음이 전부가 되어 버리면, 현재를 즐기고 감사하는 능력을 잃어버린다. 오히려 우리가 가진 것의 가치를 인정하고 감사할 때, 그 안에서 더 많은 가능성을 발견할 수 있다.

이 말은 발전을 향한 열망을 끊어낸 채 모든 것을 긍정적으로 바라보기만 하라는 의미는 아니다. 삶을 바라보는 관점을 바꿔야 한다는 것이다. '이것밖에 없다.'라는 생각을

'이것도 있다.'라고 바꿔 보자. 우리는 무언가를 잃고 나서야 그것이 얼마나 소중한지 깨닫는다. 그러나 그것이 손안에 있는 동안은 그 가치를 쉽게 잊곤 한다.

누군가는 더 많은 친구를 사귀지 못해 아쉬워하거나, SNS 속 화려한 사회생활을 부러워한다. 하지만 정작 곁에서 자신을 진심으로 아껴 주는 한두 명의 친구는 눈에 들어오지도 않는다. 감사하는 마음이야말로 인간관계를 더욱 깊고 풍요롭게 만드는 열쇠인데도 말이다.

가진 것을 소중히 여기는 자세는 단순히 물질적인 것에만 국한되지 않는다. 건강 역시 쉽게 간과하는 대표적인 사례다. 몸이 아프거나 다쳐야만 우리는 평소 건강한 상태가 얼마나 소중했는지를 깨닫는다. 하지만 건강은 매일 우리와 함께하며, 조금만 신경 쓴다면 더 오래 유지할 수 있는 중요한 자산이다. 건강을 잃기 전에 그 가치를 깨닫고, 하루 10분 스트레칭이나 가벼운 산책 같은 작은 습관이라도 실천해 보는 것은 어떨까.

또한 우리에게 없는 것을 갈망하기보다 곁에 있는 것에 집중하는 삶이 더 많은 가능성을 열어 준다. 그 안에서 발견할 수 있는 작은 기쁨은 단순한 위로를 넘어 새로운 동기와 열정을 불러일으킨다. 지금 손에 쥔 것을 진심으로 바라보면서 가치를 부여할 때, 우리는 더 행복해질 수 있다.

삶은 우리 손에 쥔 것들로 이루어진다. 때로는 작고 사소해 보이는 것이라도, 그 안에는 우리만의 특별함과 이야기가 담겨 있다. 지금 당신의 손에 쥔 것은 무엇이며, 그것이 얼마나 소중한지 한 번 더 되새겨 보자. 행복은 멀리 있는 것이 아니다.

나의 쓸모

사람들은 보통 자신을 평범하다고 생각한다. 스스로 특별함이 없다며 무시하거나, 주변과 비교하며 한없이 깎아내리기도 한다. 우리는 뛰어난 재능으로 주목받고, 화려한 경력을 쌓으며 찬사를 받는 사람과 비교하면서 그저 그런 사람에 불과하다고 느낀다. 내 것은 다른 사람과 비교하면 하찮다고 생각하면서 말이다. 다른 사람의 찬란함을 보고 있자면 자신의 모습이 형편없어 보이는 순간도 찾아온다. 하지만 그렇지 않더라도 자신을 특별하게 여기며 사는 사람은 그리 많지 않다. 과연 우리는 정말로 보잘것없는 존재일까?

세상에 같은 사람은 없다. 이 사실 자체만으로 우리는 특별하다. 누구에게나 자신만의 특별함은 있다. 우리가 찾지 못했거나, 찾고도 인정하지 않았을 뿐이다. 각자의 특별함은 눈에 띄게 화려하지 않거나, 대단한 성취로 이어지지 않기도 하기 때문이다.

하지만 우리가 간과하지 말아야 할 점이 하나 있다. 특별함의 형태는 반드시 남에게 자랑할 만한 가시적인 성과가 아니라는 것이다. 어떤 사람에게는 타인의 이야기에 귀 기울이는 능력이, 다른 이에게는 사소한 것에서 행복을 발견하는 능력이 있을지도 모른다. 이처럼 우리에게는 각자의 방식으로 빛날 수 있는 특별함이 있다.

한 친구는 언제나 유쾌한 입담으로 주변에 웃음을 준다. 다른 친구는 조용히 경청하고 공감하며 상대방에게 위안을 준다. 또 다른 친구는 항상 적절한 조언으로 문제를 해결하는 데 도움을 준다. 이처럼 우리는 각자 다른 방법으로 특별함을 표현하고, 이들이 모여 세상을 풍요롭게 만든다. 모든 사람의 재능과 능력이 같다면, 세상은 얼마나 삭막하고 단조로울까?

우리는 같은 것을 보더라도 느끼는 감정과 생각은 저마다 다르다. 어린아이가 그린 그림을 보고 누군가는 서툴다고 지적하겠지만, 한편으로는 개성적이고 따뜻한 감성을 담고 있다고 말하는 이도 있을 것이다. 마찬가지로 파인다이닝 셰프의 섬세하고 독창적인 요리와, 흔하고 평범한 재료로 따뜻한 집밥을 만드는 사람 중 누가 더 특별한가를 따질 수는 없다. 이처럼 특별함이란 우리가 흔히 생각하는 완벽함이나 정답이 아니다. 스스로 단점이라고 생각하는 부분이라도, 누군가에게는 멋지고 매력적인 특징이 될 수 있다.

많은 사람이 특별함을 마치 성과나 트로피, 돈처럼 특정한 조건 아래서만 주어지는 것으로 생각한다. 우리는 성공해야 특별해진다고, 다른 사람보다 뛰어나야 인정받는다면서 스스로 엄격한 기준을 세운다. 이런 기준 속에서 우리는 자기만의 특별함을 쉽게 묻어 버리고 만다. 하지만 한 걸음 물러나 삶을 들여다보면, 자기만의 방식으로 살아가는 것 자체만으로 특별함을 알게 될 것이다. 그 안에서 우리는 비로소 남들이 갖지 못한 자기만의 특별함을 찾아낼 수 있다.

우리의 특별함은 커다란 재능의 형태로만 존재하지 않는다. 주변에 긍정적인 에너지를 퍼뜨리는 사람의 웃음은 평범해 보여도 많은 이들에게 삶의 활력소가 된다. 그렇게 힘을 얻은 사람들은 그 사람에게 다양한 방식으로 또 다른 도움을 주기 마련이다. 한편 누군가는 작은 변화에도 민감하게 반응하며, 세심한 관찰력으로 주변을 디테일하게 신경 쓴다. 이런 능력은 겉으로 드러나지 않더라도 인간관계에서 커다란 가치를 발휘한다. 우리의 특별함으로 주변에 베푼 에너지가 돌고 돌아 결국 우리에게로 돌아오는 것이다.

학창 시절을 떠올려 보자. 반에서 가장 성적이 뛰어난 친구만 기억나는가? 그렇지 않다. 성적이 좋지 않더라도 그림을 잘 그리는 친구, 운동장에서 빛나는 친구, 모두를 잘 챙기는 자상한 친구, 유머 감각이 남다른 친구, 힘들 때 큰 힘이 되어 준 친구 등 다양한 친구들을 기억한다. 이처럼 우리는 서로 다른 방식으로 특별함을 표현한다. 그리고 그 특별함은 저마다 마음속에 소중한 기억으로 남아 있다. 우리 또한 그렇지 않을까.

자기만의 특별함을 발견하지 못하는 가장 큰 이유는 너무나 익숙한 나머지 우리가 너무나 당연하게 여기기 때문이 아닐까. 그동안 타인이 우리의 특별함에 찬사를 보내도 스스로 하찮은 것으로 치부하지 않았던가. 그러나 우리가 쉽게 해내는 일이 누군가에게는 어려울 수도 있다.

우리의 특별함은 타고난 것뿐 아니라 자연스러운 경험과 노력으로 만들어진다. 처음에는 취미였던 것이 어느 순간 다른 사람에게 영감을 주면서 직업이 되어 다양한 기회를 가져다주는 특별함으로 자리 잡기도 한다. 매일 꾸준히 일기를 쓰던 사람이 자신의 글을 통해 다른 이에게 위로를 주는 작가가 된 사람처럼, 시간의 흐름 속에 하나에 몰두하면서 자신만의 능력을 개발해 나가는 사람들 말이다.

나는 생각이 많아 글로 정리하고 풀어내기를 좋아한다. 그리고 글을 통해 스스로 또 다른 생각과 감정을 느끼는 것 또한 마찬가지다. 한때는 그런 성향이 부담스럽기도 했다. 금방 잊어버릴 쓸데없는 걱정으로 괜히 마음을 어지럽히는 것 같아 유난스럽다고 여긴 적도 있었다. 하지만 이러한 성향은 나에게 섬세함과 신중함을 더해 주었고, 타인에게 공감과 위로를 전하는 능력으로 이어졌다. 또한 살면서 나를 스치는 사소함에도 많은 것을 느끼고 배울 줄 알게 되었다.

나는 모든 감정에 예민한 편이다. 그래서 행복한 순간의 기억도 오랫동안 선명하게 남긴다. 그 순간을 모두 기록하기를 좋아하기에 이 책이 세상에 나올 수 있었다. 누구에게나 타고난 능력이나 성향, 관심사가 있는 법이고, 그것이 곧 특별함의 씨앗이다. 다만 스스로 그 씨앗을 알아보고 인정하면서 각자의 방식대로 싹을 틔우는 것이 무엇보다 중요하다. 이제 스스로 질문해 보자.

나는 무엇을 좋아하는가?
어떤 순간에 행복을 느끼는가?

질문에 대한 답을 찾다 보면 자신만의 특별함이 보일 것이다. 사소한 것 하나에도 주의를 기울이면서 당연하게 여겨오던 일상을 더욱 들여다보게 된다. 이제는 다른 사람의 특별함에 얽매이지 말고, 우리대로의 특별함에 집중하자. 우리는 자신을 믿으며, 내면의 특별함을 알아볼 사람이 되어야 한다. 언젠가 우리의 가치를 제대로 알아줄 사람을 만나기 위해서 말이다.

우리의 나날에는 익숙함 속에 놓치는 특별함이 너무나 많다. 인간뿐 아니라 자연에서도 각자의 특별함이 있다. 아름다운 꽃의 대명사는 단연 장미라고 할 수 있기는 하지만, 들판을 수놓는 이름 모를 작은 들꽃도 그 자체로 소중하다. 장미의 화려함도, 들꽃의 소박한 아름다움도 모두 특별하다. 이처럼 사람의 세계에서도 화려하게 빛나는 이가 있다면, 조용하지만 따뜻한 존재로 주위를 감싸는 이도 있는 법이다.

지금부터라도 '나는 나대로 특별하다.'라는 말을 마음속에 건네 보자. 때로는 그 특별함이 작고 보잘것없어 보이더라도, 누군가의 삶에 빛이 되고 있을 테니 말이다. 우리만의 특별함을 부러워하는 사람도 어딘가에는 있지 않을까. 이처럼 특별함은 다양한 형태와 방식으로 존재하며, 이 사실을 인정한다면 조금 더 '나답게' 빛나는 삶을 살아갈 수 있을 것이다. 장점이 없는 사람은 이 세상에 단 한 명도 없다. 그러니 자신을 더 사랑하고 믿어 보자.

세상에 똑같은 사람은 없다. 각자의 특별함은 누군가
에게 위로와 감동을, 다른 이에게는 새로운 영감을 준다.
그러니 자신을 믿고, 자신의 특별함을 찾아 나서기를 두려
워하지 말자. 당신은 이미 특별하고 아름다운 존재이다.

시선의 색채

세상은 우리가 바라보는 시선에 따라 다른 빛깔을 띤다. 같은 하늘 아래서도 누군가는 먹구름만을, 다른 사람은 구름 사이로 비치는 햇살을 본다. 우리는 같은 대상을 보더라도 각자 다른 생각과 감정을 품는다. 눈이 오는 날을 낭만적이라 여기는 사람이 있는가 하면, 미끄럽고 질척해진 길을 떠올리며 불편해하는 사람도 많다. 이처럼 우리의 관점은 하루를 빛내기도 하고, 잿빛으로 흐리게도 한다.

삶의 모든 순간이 완벽할 수는 없으며, 그 순간을 모두 긍정적으로 바라볼 수만은 없다. 하지만 긍정적으로 세상을 바라보는 태도는 평범한 일상도 특별하게 만드는 마법 같은 힘이 있다. 어두운 날 속에서도 웃는 사람에게 웃을 일이 많아지는 이유는 단순히 운이 좋아서가 아니다. 그 사람들이 웃으며 세상을 바라보는 태도를 지녔기 때문이다.

물론 긍정적인 태도는 하루아침에 길러지지 않는다. 타고난 성향이라고 생각할 수도 있겠지만, 그러한 태도는 습관처럼 서서히 만들어 갈 수 있다. 나 역시 긍정적인 습관을 들이려 의식적으로 많은 노력을 했다. 하루를 마무리하며 그날 있었던 좋은 일을 떠올리는 것 말이다. 처음에는 별달리 좋은 일이 있었나 싶어 습관을 들이기가 쉽지는 않았다. 하지만 날이 갈수록 아주 사소한 순간에서도 행복을 찾으며 감사하기 시작했다.

오늘 우연히 들어간 식당의 맛있는 음식,

간만에 내 생각이 나서 걸었다는 친한 친구의 연락,

기분 좋은 화창한 날씨,

눈 뜨며 느낀 개운함에 하루의 시작이 좋을 것만 같은 예감.

이처럼 작은 행복도 모이면 하루가 달라진다. 즐거움의 순간을 자주 떠올릴수록 웃을 일은 더 많아진다. 긍정으로 일관하는 습관을 들이다 보면, 우리의 하루가 생각보다 행복으로 가득함을 깨닫는다. 그저 우리가 알아보지 못한 채 지나쳐 버렸을 뿐이다. 우리는 종종 인생의 거대한 사건이나 성취가 행복을 가져다준다고 생각하지만, 진정한 행복은 일상의 작은 순간을 소중히 여기는 데서 시작된다. 그 순간을 얼마나 잘 포착하고 기억하느냐가 바로 행복의 문을 여는 열쇠다.

우리가 긍정적인 시선으로 세상을 바라볼 때, 주변에도 밝은 에너지가 퍼진다. 웃는 얼굴과 밝은 목소리로 다가가면 상대방도 자연스럽게 미소로 답한다. 우리의 태도는 타인에게 전염된다. 기분이 태도가 되면 안 되는 이유도 여기에 있다. 긍정적인 태도는 우리뿐 아니라 주변까지 행복을 주는 연쇄 작용을 일으킨다. 그리고 그 행복이 다시 우리에게 돌아온다.

부정적인 감정을 내려놓는 것 또한 긍정적인 태도만큼이나 중요하다. 사람이라면 누구나 힘든 일을 겪으며 슬프고 지칠 때가 있다. 가끔은 고난이 무겁게만 느껴져 긍정적으로 생각하려는 노력조차 벅차기도 하다. 하지만 부정적인 감정은 붙잡을수록 커지고, 그 무게도 점점 무거워지니 빨리 떨쳐 내는 것이 좋다.

물론 그러기는 쉽지 않다. 시련과 좌절이 몰려오고, 모든 일이 엉망진창이라고 느끼는 날도 있으니 말이다. 하지만 그 순간에도 주저앉지 않고 앞으로 나아가려는 노력이 중요하다. 그리고 고난은 누구에게나 찾아온다는 사실을 명심하자.

비 오는 날을 생각해 보자. 어떤 사람은 불평을 늘어놓으며 집 밖으로 나가기를 꺼리지만, 누군가는 그날의 고요함을 즐기며 따뜻한 차 한 잔을 준비할 것이다. 하나의 대상을 놓고 각자가 느끼는 감정은 천차만별이지만, 비를 사랑할 수 있는 사람은 하루를 더 행복하게 보낼 수 있다.

나의 부족함을 인정하고, 있는 그대로 받아들이는 것

또한 긍정적인 삶에서 중요한 요소이다. 목표한 만큼의 결과를 얻지 못했을 때, 부정적인 사람은 "나는 항상 실패만 해. 나는 안 돼."라는 생각만 할 뿐이다. 반면 긍정적인 사람은 "이번에는 부족했지만, 다음에는 더 잘할 수 있을 거야."라고 말한다. 긍정적인 태도는 과거의 실수에서 미래의 가능성을 보여 준다. 그리고 더 나은 기회가 오리라는 믿음을 심어 준다.

우리의 마음을 긍정으로 채우려면 여유를 찾는 것도 좋은 방법이다. 일이나 인간관계에서 완벽해지려는 강박에서 벗어나자. 인생은 완벽하기보다 그 자체로 살아가는 데 의미가 있다. 우리가 별것 아니라고 여기는 순간에 집중하며 웃음을 잃지 않을 때, 삶은 더욱 빛난다.

우울한 날, 억지로라도 미소를 지으면 뇌는 우리가 행복하다고 착각하면서 기분이 점차 나아진다고 한다. 그러니 힘든 하루를 보내더라도, 거울 앞에서 자신을 향해 미소를 지어 보자. 어색해 보여도 그 미소가 하루를 조금씩 밝아지게 할 것이다.

삶은 거울과도 같다. 긍정적인 마음으로 세상을 바라볼

수록 세상과 우리의 모습은 더 밝게 빛난다. 웃는 사람에게 웃을 일이 많아진다는 말은 결코 헛소리가 아니다. 우리의 태도가 삶을 결정짓는다. 그러니 오늘 작은 일에도 웃으며 긍정의 씨앗을 뿌려 보자. 그 씨앗은 언젠가 우리 삶에 아름다운 꽃으로 피어날 것이다.

그동안의 노력을 통해 나는 행복함을 자주 표현한다. 웃음도 많아서 주위에서는 내 행복의 기준이 낮다는 말을 하기도 한다. 맛있는 음식, 예쁜 옷, 맑은 날씨, 아름다운 풍경, 좋은 향기, 심지어는 술 한 잔으로 힘든 하루를 마무리하고 침대에 누워 있는 편안함도 내게 행복을 선사한다. 이처럼 소소한 행복이 모여 내일을 기대하게 한다. 그리고 기대감은 하루의 피로를 극복하는 데 도움을 주고, 즐거움도 선사한다.

나는 힘든 시간에 부딪힐 때, '앞으로 얼마나 좋은 일이 생기려고 이런 일이 일어나는 걸까?'라고 생각한다. 어려움은 큰 호재가 내게 다가오는 신호이자 과정일 뿐이라 믿는다. 이 생각만으로도 눈앞의 문제가 조금은 가볍게 다가온다. 이처럼 작은 생각의 변화가 삶의 무게를 줄이고, 앞으로 나아갈 힘을 준다.

　삶은 우리가 바라보는 만큼의 색깔을 띤다. 그러니 오늘도 웃는 얼굴로 하루를 시작해 보자. 그 웃음이 하루를 특별함으로 가득 채울 것이다.

가끔은 불행이 나에게만 집중된다는 생각이 들 때가 있다. 반복되는 일상에 지쳐 자신에게 만족하지 못하면서 미래에 대한 희망조차 보이지 않을 때, 우리는 절망에 깊이 빠져들곤 한다. 그러나 불행은 누구에게나 찾아오며, 어쩌면 생각보다 훨씬 더 자주 찾아올지도 모를 일이다. 다만 불행은 절대 영원하지 않으며, 불행 속에서도 크고 작은 행복이 공존한다는 사실을 잊지 말아야 한다.

불행을 뒤집기란 생각보다 쉽지 않다. 안 좋은 일 하나가 또 다른 불행을 불러오는 듯하며, 빠져나오기 힘든 굴레에 갇힌 것 같다는 느낌이 들기도 한다. 우리는 불행이 끝나고 모든 상황을 한순간에 반전시킬 사건이 일어나기만을 기다리지만, 현실은 그리 극적으로 바뀌지 않는다.

변화는 대부분 점진적이며, 이를 언제, 어떻게, 얼마나 빠르게 만들어 갈지는 결국 우리에게 달렸다. 당장 눈에 보이지 않더라도 한 걸음씩 내딛다 보면 아주 작은 변화가 시작되고, 그것이 모여 소소한 행복으로 변해 간다. 불행의 무게가 짓누르는 순간에도, 우리가 어떻게 대처하고 무엇을 선택하느냐에 따라 삶의 방향은 조금씩 달라진다.

문제는 우리가 불행 속에서 너무 극적인 변화만을 기대한다는 점이다. 사람들은 삶을 뒤바꿀 정도로 놀라운 사건이나 성취만이 불행을 끝낼 것이라고 믿으면서 일상에서의 사소한 변화를 과소평가한다. 하지만 가장 큰 변화는 오히려 작은 행동에서 시작한다. 행복으로 가는 여정은 마치 어두운 방에 촛불 하나를 켜는 것과 같다. 처음에 지핀 불빛이 작고 희미해 보일지라도, 시간이 지나면 주변을 조금씩 밝히며 어둠에서 벗어날 길을 보여 준다.

　누군가는 불행에서 벗어나기 위해 거창한 목표를 세운다. 그러나 목표가 너무 크면 시작도 하기 전에 그 무게에 짓눌리거나, 원하는 결과가 금세 나타나지 않아 쉽게 포기한다. 그럴 때는 눈을 조금 낮춰 보자. 아침에 눈을 뜨고 잠자리나 책상 정리로 하루를 시작하거나, 짧은 산책처럼 기분 전환을 위한 사소한 행동부터 실천해 보자.

　작은 변화가 불행을 줄이고 행복으로 나아가는 첫걸음이 되는 이유는 그것들이 세상을 바라보는 우리의 시선을 바꾸기 때문이다. 힘든 시기에는 부정적인 생각이 모든 것을 뒤덮는다. 평소에는 아무렇지 않은 일이라도 우리가 괴로울 때만큼은 감당하기 어려워진다.

　하지만 일상의 사소한 변화는 우리의 생각과 감정을 잠시나마 환기하여 새로운 시각으로 세상을 바라보도록 돕는다. 오래된 방 한구석을 정리하며 발견한 추억의 물건이 따뜻한 순간을 떠올리게 하기도 한다. 또는 하루 내내 방 안에 머물며 반복적인 일상을 보내는 대신, 10분이라도 밖에 나가 상쾌한 공기를 마시며 아름다운 풍경을 바라본다면 하루가 그리 나쁘게 보이지만은 않을 것이다.

출근길도 마찬가지다. 매일 아침 지하철에서 비슷한 시간, 비슷한 자리에 앉아 피로에 찌든 얼굴로 스마트폰이나 창밖을 멍하니 바라보는 것이 일상인 사람도 많을 것이다. 하지만 그 시간을 조금 다르게 활용해 보면 어떨까. 간단하게 명상하거나, 새로운 음악을 듣거나, 고개를 들어 주위를 살펴보며 새로운 활력소를 찾는 작은 변화를 시도해 보자. 지루하고 반복적인 출근길이 조금은 달라질 것이다.

우리는 다이어트로 더 건강해지고, 외적으로도 나은 삶을 살고 싶어 한다. 그러나 식단 관리와 운동을 시작하면 쉽게 지쳐 포기하고 만다. 나도 마찬가지였다. 피팅 모델을 시작하고 인플루언서로 활동하기까지 체중 관리는 나에게 필수였다. 어릴 적에는 살이 잘 찌지 않는 체질이라 크게 힘들지 않았는데, 점차 체질이 바뀌었다. 운동은 전혀 하지 않고, 워낙 적게 먹으며 유지했던 몸무게였기에 더욱 그랬다.

그러다 극단적인 다이어트 계획으로 실패를 경험하기도 했다. 시작한 순간부터 먹고 싶지도 않던 음식이 생각나고, 가볍게 산책할 거리라도 다이어트를 위해 억지로 해야 할 운동이라 느끼기까지 했다. 그때마다 오히려 살이 더 찌면서 나를 책망하기 바빴고, 이는 좌절과 무기력으로 이어졌다.

우리는 한 번의 다이어트에 눈에 띄는 변화를 바란다. 그러나 단기간의 다이어트로는 외형의 변화를 직접 확인하기는 어렵다. 그리고 무리한 운동 계획과 갑작스러운 식단 변화는 몸에 부담을 주어 전보다 살이 더 찌기도 한다. 그렇게 10년 넘게 체중 관리를 해 오면서 나는 '다이어트를 하지 않는 것'이 가장 효과적임을 깨달았다. 다이어트에 대한 강박을 내려놓자, 가짜 배고픔이 사라지고 식욕도 자연스럽게 조절되었다. 먹고 싶은 게 생기면 언제든지 먹어도 된다고 생각하니 욕심을 부리지 않게 되었다.

그러니 다이어트를 할 때, 매일 계단을 한 층 더 오르거나 점심시간에 5분씩 걷기부터 시작해 보자. 이어지는 실천 속에서 시간이 지나면 걷는 양이 많아지면서 몸의 변화뿐 아니라 자신감도 커질 것이다. 작은 믿음이 쌓이면 삶은 더욱 건강하고 긍정적으로 바뀐다. 이처럼 작은 변화는 생각 이상으로 큰 영향력을 발휘한다. 행복은 절대 거창한 목표 끝에 찾아오는 성과가 아니다. 오히려 날마다 나타나는 사소한 선택 속에서 모습을 드러낸다.

불행하다고 느끼는 순간에는 모든 일이 내 뜻대로 되지 않는 것 같아 무력감을 느끼기 쉽다. 하지만 사소한 변화라도 스스로 선택하고 실행했다는 사실은 우리의 자존감을 높이고, 삶을 통제할 수 있다는 믿음을 준다. 그 작은 변화가 모이면 더 큰 변화를 불러온다. 물론 변화에는 약간의 불편함이 따르기는 하지만, 우리를 더 나은 방향으로 이끌 것임을 믿어야 한다. 시작은 아주 작은 발걸음에 불과할지라도, 그것이 쌓이고 이어진다면 삶의 풍경은 달라진다. 이는 현재를 더 잘 살아 내겠다는 긍정적인 동기가 된다.

내가 처음 유튜브를 시작했을 때도 엄청난 결과를 기대하지는 않았다. 그저 스마트폰 카메라를 켠 채 평소처럼 메이크업하는 모습을 영상으로 남긴 것뿐이었다. 하지만 그 작은 행동이 예상치 못한 기회를 가져왔고, 내 삶은 바뀌었다.

물론 작은 변화가 모두 꿈같은 기적으로 이어지지는 않는다. 그러나 사소해 보인다고 해서 시도조차 하지 않는다면, 큰 변화의 기회조차도 얻을 수 없다. 그리고 그 가능성이 희박하더라도, 한 걸음을 내디딘 순간 우리는 0에서 벗어난다. 살면서 겪는 사소한 '+1'의 변화가 삶에서 새로움을 주도하는 큰 흐름으로 이어지기도 한다.

행복으로 나아가는 길에 필요한 것은 거창한 결심이 아니다. 오늘 바로 실천할 수 있는 작은 변화 하나면 충분하다. 당장은 모든 것이 불안하고 의심스럽겠지만, 작은 변화는 불행을 행복으로 바꾸는 첫걸음이 될 것이다.

그리고 나

우리는 살아가며 만나는 다양한 사람을 여러 가지 형태로 좋아하고 사랑한다. 이 감정은 그 자체만으로 소중하고 거대하기에 때로는 우리의 시야를 가리기도 한다. 상대방의 행복을 위해 자신을 희생하고, 그 사람의 아픔과 슬픔을 대신 짊어지고 싶어 한다. 급기야는 모든 것을 내주려고까지 하며, 고난과 역경이 닥치더라도 그 곁을 꿋꿋하게 지키겠다고 다짐하기도 한다. 모두가 경험했듯 사랑의 힘은 위대하다. 그렇기에 사랑받는 사람은 누구보다 행복하고 빛나 보인다.

　우리 또한 누군가의 사랑을 받는 소중한 존재이다. 우리 곁에도 매일 우리의 안녕과 행복을 바라고, 일상 속 크고 작은 순간에도 우리를 생각하는 사람들이 있다. 그들은 가장 기쁜 순간에도, 힘들고 외로운 순간에도 우리를 떠올리며 힘을 얻는다. 그러나 우리는 그 사실을 가끔 잊기도 한다. 자신이 과연 사랑받을 가치나 자격이 있는 사람인지를 의심하기도 하면서 말이다.

　이 세상에서 가장 소중한 존재는 바로 자신이다. 우리는 치열한 경쟁 속에서 타인의 시선과 기대에 휘둘려 자신을 깎아내리면서 의미 없는 존재라 생각하기도 한다. 그러나 우리는 모두 누군가의 소중한 존재이자 삶의 전부이기도 하며, 존재만으로도 충분히 사랑받을 가치가 있다. 무엇보다 자신을 사랑해야 타인도 우리의 가치를 더 알아줄 수 있다.

　우리는 태어나면서부터 이미 특별한 존재이다. 외모와 재능이 완벽에 가깝게 뛰어나지 않아도, 우리는 세상에 단

하나뿐인 존재이기에 소중하다. 하지만 끊임없는 비교에 빠져 자신을 의심하기도 한다. 우리는 친구의 성공, 동료의 성과, 가족의 기대 속에서 경쟁하고 평가받으면서 유일하고 특별한 존재라는 믿음은 점차 의심으로 희석되어 간다. 의심이 커질수록 불행은 깊어지고 자존감은 낮아진다. 이렇듯 삶의 동반자이자 주체인 자신을 부정하는 생각이 커질수록 우울과 불안에 갇히고 만다.

따라서 자신을 소중히 여기는 마음은 세상을 살아가는 데 필수적이다. 자신을 긍정적으로 바라보고 그 가치를 믿는 사람은 도전을 주저하지 않으며, 더 좋은 결과를 만들어 낸다. 반대로 자신을 의심하면 원하는 바를 이룰 기회가 와도 시도조차 못 하고 포기해 버린다. 도전이 없다면 결과도 없다. 도전하면 가능성이 생기지만, 그렇지 않으면 가능성도 없다. 도전이 반드시 원하는 결과를 주는 것은 아니지만, 최소한 실패로 끝난 도전이라도 그 과정에서 배움은 남는다.

그렇게 우리는 성장하면서 다음 기회를 맞이할 준비를 한다. 그 기회가 당장 찾아오지는 않더라도 우리가 원하는 결과를 성취할 시기는 분명히 온다. 그러니 실패하더라도 도전한 우리를 스스로 대견하게 여기고 자랑스러워해야 한다. 그래야 실패에 대한 두려움이 덜해지면서 도전하기도 쉬워져 자신에게 더 많은 기회를 줄 수 있다.

그리고 자신을 소중하게 대할수록 주변 사람도 우리의 가치를 더욱 알아준다. 자신을 사랑하는 사람과 그렇지 않은 사람은 타인을 대하는 태도에서도 차이가 난다. 그러니 우리는 자신뿐 아니라 다른 이도 소중하게 대해야 한다.

한편으로 말과 행동의 힘은 무서울 정도로 강력하다. 칭찬 한마디에 세상을 다 가진 듯 기뻐하고, 비난 한마디에 한없이 위축되기도 한다. 나는 말의 힘을 알기에 타인을 대하는 데 신중한 편이다. 그러므로 부정적인 말은 아끼고, 좋은 말은 아낌없이 건네야 한다. 우리가 타인을 인정하고 존중할 때, 그 사람도 우리를 존중하는 법이니까.

그리고 타인이 우리를 대하는 태도는 삶에 많은 변화를 가져오기도 한다. 찰나의 순간에 스치는 사람의 말조차 우리의 감정뿐 아니라 삶에까지 큰 영향을 끼치는데, 자책의 말은 더욱 강력한 영향력을 지닌다. 끊임없는 자책으로 자신을 몰아세운다면, 결국 삶이 부정적인 방향으로 흐르면서 우리를 과소평가하고 마는 데 이른다. 이는 자신을 망칠 뿐이다.

우리는 스스로 인지하지 못할 때조차 일상에서의 사소한 일로 자신을 비난해 왔다. 후회와 자책을 늘 반복하면서.

'내가 왜 그 말을 했을까.'
'조금만 더 잘했다면 어땠을까.'
'한 번 더 양보할 걸 그랬는데.'

한때는 나도 남의 시선과 반응에 목매고, 상대방의 표정이나 말투가 좋지 않은 날에는 내 잘못은 없었는지를 내내 고민하곤 했다. 하지만 남을 위한 배려가 나를 향한 비난의 화살이 되어서는 안 된다. 하지만 우리는 타인의 실수에 생각보다 너그럽지 않은가? 사랑하는 친구와 가족의 작은 실수에도 우리는 괜찮다고, 누구나 그럴 수 있다고 위로한다. 이처럼 남을 위한 그 따뜻한 배려를 자신에게도 베풀어야 한다.

또한 사회에서는 우리의 가치를 성과 같은 가시적인 지

표로 평가한다. 하지만 우리의 가치는 보이는 것만으로 증명할 수는 없다. 재능이 뛰어난 사람이 있다면, 마음이 따뜻한 사람도 있는 법이니 말이다. 이처럼 우리는 존재하는 것만으로 세상에 큰 의미를 주기도 한다. 누군가에게 고마운 친구이자 든든한 가족, 그리고 영감을 주는 사람일 테니 말이다.

따라서 우리는 자신에게 관대해져야 한다. 냉혹하고 치열한 사회에서 날마다 많은 이들의 평가 속에 상처받는 우리에게, 적어도 우리만큼은 자신을 있는 그대로 사랑해야 한다. 우리는 불완전하지만, 존재하는 그대로의 모습이 자신만의 색채로 가장 아름답게 빛난다고 믿어야 한다. 마치 구름이 태양을 가려도 그 안에 빛이 여전히 존재하듯이.

자신을 사랑하는 마음이야말로 그 빛을 세상에 비추는 첫걸음이다. 이제 있는 그대로의 모습을 받아들이고, 자신에게 관대해지는 연습을 해 보자. 우리는 충분히 사랑받을 가치가 있으며, 그 사실을 가장 먼저 믿어야 할 사람은 바로 자신이다.

우리는 존재 자체로 아름답고, 사랑받을 자격이 충분

하다. 자신을 더 많이 사랑하는 순간, 우리는 비로소 타인, 나아가 세상에 사랑을 전할 수 있다. 그 과정에서 우리는 점점 더 빛나는 사람이 될 것이다.

⑤

내일의 미소에 반짝일
오늘의 글리터

이 또한 지나갈 테니

어둠 속을 걷는 동안은 한 걸음 내딛는 것조차 두렵고, 끝이 보이지 않아 희망을 품기도 어렵다. 그러나 짙은 어둠이라도 희미하게 새어 나오는 빛을 이길 수 없다. 차디찬 겨울도 따스한 봄을 막지 못하는 계절의 변화처럼 말이다. 비바람이 몰아친 뒤에는 맑은 하늘이 우리를 반기듯, 인생의 어려움 또한 영원하지 않다. 끝이 보이지 않는 터널도 한 걸음씩 나아가다 보면, 어느새 환한 빛이 눈앞을 맞이하는 순간이 온다.

밤새 고민하느라 잠 못 이루고 뒤척이던 하루,
막막한 앞날에 눈물로 지새던 나날,
모든 것을 놓아 버리고 싶을 만큼 지쳐 있던 시간.

가끔은 도저히 극복할 수 없을 것 같은 문제가 우리를 덮치기도 한다. 하지만 우리는 그 순간을 모두 이겨 내면서 삶을 이어 왔다. 숨이 막힐 정도로 절망적인 나날도 시간이 지나면 그저 한때의 기억으로 남을 뿐이다. 그렇게 우리는 아픔을 겪으며 성장했다. 앞으로도 수많은 고난을 마주하겠지만, 우리는 언제나처럼 극복할 것이다.

눈앞이 캄캄한 순간에도 작은 빛을 찾으려는 노력과 희망만 있다면 길을 더 빨리 찾을 수 있다. 언젠가는 빛이 우리를 찾으리라는 믿음은 우리에게 앞으로 한 걸음을 내디딜 용기를 준다. 그러니 포기하지 말고 앞으로 여명이 올 것이라는 희망을 가슴에 품고 매일 한 걸음씩 나아가자.

많은 이들이 어려움 속에서 변화와 성장을 큰 폭으로

경험한다. 당장 월세를 낼 돈마저 없을 정도의 생활고에 시달려 친구 집에 얹혀살면서 하루를 근근이 버티는 모습, 낮에는 학교, 밤에는 아르바이트 일터를 다니며 정신없이 살아가는 모습은 요즘 들어 너무나 흔한 풍경이 되었다. 이런 시련 속에서도 환하게 웃을 날은 온다. 우리는 더 나은 직장에 취업하고, 자신을 지켜 준 친구의 소중함을 깨달으면서 어떤 어려움도 이겨 내리라는 자신감을 얻게 될 테다.

지금의 어려움이 우리의 미래를 결정하지는 않는다. 눈앞의 고통이 계속될 것 같지만, 절대 영원하지 않다는 것이다. 고난의 시간은 앞으로의 행복이 더욱 달콤해지도록 한다. 어제의 모습과 오늘의 모습이 다르듯, 우리는 날마다 조금씩 성장한다. 오늘 마주한 난제를 내일은 수월하게 풀어낼 것이고, 지금의 상처도 하루가 지나면 조금은 의연하게 흘려보낼 것이다. 그렇게 성장한 우리는 더 나은 내일을, 찬란한 순간을 만들어 간다.

살면서 "왜 나만 힘든 일을 겪을까?"라는 의문이 들면서 억울할 때가 많다. 하지만 우리에게는 분명 날아갈 듯 행복한 순간도 있다. 불행의 기억이 행복보다 더 깊은 흔적을 남길 뿐, 행복이 우리 곁을 떠난 적은 없었다. 당장의 실패와 아픔이 영원하지 않음을 믿으며 앞으로 나아간다면, 우리에게도 밝게 빛나는 순간이 언제나 함께한다는 사실을 깨달을 것이다. 행운은 누구에게나 찾아온다. 다만 많은 사람이 그 끝에 도달하기 전에 포기할 뿐이다.

내일은 오늘보다 조금은 나을 것이다. 한때는 내일이 오는 것이 두려워 아침이 오면 눈뜨기가 싫은 적도 있었다. 모든 일을 회피하면서 그저 시간이 멈췄으면 좋겠다고 생각했다. 지금도 두렵기는 매한가지임에도 나는 다음날을 기대한다.

인생에는 아픔과 함께 행복의 순간도 너무나 많다. 행복은 멀리 있지 않다. 우리는 종종 큰 성공에서만 행복을 찾으려 하지만, 행복은 사실 작은 것에서 시작된다. 날마다 경험하는 소소한 기쁨이 모여 더 나은 하루를 만드는 것이다.

나는 홀로 감당할 수 없던 가족의 빚을 안고 있었지만, 지금은 모두 갚았다. 그 뒤로는 내가 하고 싶은 것을 즐기며 살아가고 있다. 과거의 나는 전혀 상상하지 못했던 삶이다. 누구보다 돈에 대한 고민이 큰 나머지 평범하게라도 살기를 바랐던 나에게 큰 변화인 셈이다. 유튜브도 늦다고 생각할 법한 나이인 30대에 시작했지만, 지금은 더 빠르게 달려가고 있다. 이처럼 우리에게 내일 어떤 기적이 찾아올지 모른다.

지난날에는 성공한 사람들의 이야기에 나와 상관없는 일이라고 생각한 적도 있었다. 그 사람들은 나와 달리 운이 유달리 좋다는 생각에 현실적이지 않다는 느낌마저 들었다. 하지만 나는 살면서 누리는 운의 총량은 정해져 있다는 말을 믿는다. 운은 누구에게나 공평하므로, 지금까지 불행했다면 앞으로는 행복한 일이 가득할 것이라는 의미이다. 그러니 지금 너무 힘들다면 다가올 행운을 기다려 보자. 그동안 같은 일을 겪더라도 최소한 내일만큼은 조금이나마 견디기 쉬워질 것이다.

우리는 생각보다 강한 사람이다. 나만 해도 누구보다 여린 마음에 쉽게 상처받지만, 결국에는 모든 것을 이겨 내고 더 단단한 사람이 되었다. 지금 해결할 수 없을 것 같은 문제도 다음날에 해결책을 찾으며 웃음을 되찾을 것이다. 그렇게 우리는 지금까지 불가능하다고 느끼는 일을 수없이 해냈으며, 앞으로 높은 벽을 마주하더라도 모두 넘어갈 것이다.

한창 예쁠 20대부터 타인이 내 삶보다 먼저였고, 많은 이와 상처를 주고받아 왔던 나는 이제 팬을 비롯한 여러 사람에게서 사랑과 위로를 받는다. 건강하지 못한 방법까지 동원해 가며 갈구하던 것 모두가 이제는 내 곁에 있다. 다시는 남에게 마음을 열 일이 없으리라 생각한 과거의 나에게 상상조차 할 수 없는 행운이다.

우리의 속도는 모두 같을 수 없다. 각자가 띠는 빛깔이 모두 다르듯, 우리는 같은 형태로 빛나지도 않는다. 어둠 속에서 발견한 빛이 더욱 찬란하듯, 남보다 조금 느리거나 빛이 보이지 않는 긴 여정 속에 있더라도 빛나는 순간은 반드시 온다. 그날을 기대하며, 오늘을 견디고 내일을 맞이하자. 오늘 당신만의 작은 행복을 찾다 보면, 그것이 더 나은 내일로 데려다줄 것이다.

기적 같은 행운이 언제, 어떤 방식으로 찾아올지는 아무도 모른다. 다만 반드시 온다는 점만큼은 확실하다. 힘든 시기를 겪고 있을 때 맛보는 행운은 세상 무엇보다도 달콤할 것이다.

온전히 채워지지 않아도

"조금만 더 나아지면 더 행복해지겠지."

"이것만 이루어진다면 만족할 거야."

모두 오늘보다 나은 내일을 꿈꾸면서도 현재의 자신을 부정하곤 한다. 누구나 지금의 삶을 있는 그대로 받아들이지 못한 채 불안과 초조의 늪에 빠져들어 간다. 하지만 미래가 반드시 더 나은 행복을 보장할까? 우리가 원하던 것을 손에 넣더라도 더 행복한 미래만을 꿈꾸면서 또 다른 어려움에 부딪히며 살지는 않을까? 이처럼 진정한 행복은 '나중'이 아니라 '지금' 안에 있다.

완벽함은 도달할 수 없는 지평선과 같다. 우리는 그것을 좇아 나아갈 수 있지만, 결코 닿지는 못한다. 그런데도 누구나 자신의 부족함만을 바라보며 자기만의 완벽한 기준을 만들고, 그 모습에 가까워지려고 애쓴다.

사회에서도 마찬가지로 우리에게 끊임없이 더 높은 목표를 요구한다. 우리는 그 기준에 맞추기 위해 현재의 나를 인정하지 못한 채 자신을 탓하기도 한다. 그러나 과거가 없다면 지금도 없다. 그리고 현재를 부정하며 이상적인 미래만을 추구한다면, 우리는 결코 진정한 행복을 누릴 수 없을 것이다.

우리는 우수한 성적, 높은 직위로의 승진을 모두 포함하는 목표인 '성공'을 향해 현재를 희생하는 것을 당연하게 여긴다. 모두가 내일의 행복을 위해 오늘의 행복을 포기하며 밤낮없이 노력한다. 정작 꿈꾸던 바를 성취하더라도 새로운 목표가 눈앞에 나타난다면, 우리는 언제쯤 행복해질 수 있을까?

물론 목표를 이루기 위한 노력은 우리에게 더 나은 내일을 선물한다. 성공한다면 성취감에 따라 자신감과 용기가 생겨나며, 준비된 자에게 기회가 온다는 말처럼 더 많은 기회가 우리를 찾아오기 때문이다. 다만 이는 균형 잡힌 식습관과 휴식으로 마련된 건강한 신체와 정신으로 임할 때라야 의미가 있다.

건강과 행복까지 버려 가며 목표만을 맹목적으로 따른다면, 그 모든 노력이 무슨 의미가 있을까. 그리고 더 많은 성공이 과연 행복을 보장할까? 바라던 바를 모두 이룬다면 행복해질 수 있을까? 우리는 그동안의 목표가 모두 자신을 위한 것인지, 타인의 기대와 사회의 기준에 맞추기 위해 현재를 희생하는 것은 아닌지 생각해 보아야 한다.

이제부터라도 우리는 현재의 아름다움을 발견하고 만족하는 법을 배워야 한다. 지금을 소중히 여기지 못하면, 우리는 미래에도 행복을 느끼지 못할 가능성이 크다. 우리가 현재에 소홀한 이유는 사회가 우리를 지나치게 엄격하게 만들었기 때문일 것이다. 특히 SNS를 통해 타인의 멋진 삶과 비교하며 자기 비하의 늪에 빠지는 것처럼 말이다.

가끔 친구의 여행 사진과 지인의 성공담처럼 누군가의 화려한 일상이 마치 나의 부족함을 증명이라도 하는 듯 다가오기도 한다. 하지만 타인의 빛나는 순간과 나의 평범한 오늘을 비교하는 것은 적절하지 않다. 그들의 삶에도 우리 눈에 보이지 않는 고난과 평범함이 있으며, 화려한 순간은 극히 일부임을 잊지 말아야 한다. 성에 차지 않는 우리의 일상조차 누군가에게는 꿈꾸는 삶일 수 있다.

현재와 이 순간의 자기 모습을 사랑하라는 말은 모든 나날이 완벽하다고 생각하라는 의미가 아니다. 삶의 불완전함을 받아들이는 용기가 필요하다는 것이다. 가끔은 넘어지거나, 일이 마음처럼 굴러가지 않기도 한다. 그리고 우리는 원하는 것만을 가질 수 없으니, 그 안에서 현재의 모습을 인정하고 격려하자. 실패는 앞으로 나아가는 자연스러운 과정이고, 완벽하지 않은 모습이라도 충분히 가치가 있으니 말이다.

현재의 모습을 사랑하는 것은 자신에게 빛이 되어 주는 일과 같다. 다시 말하면 세상의 기준에 맞추려 하기보다는,

자기만의 속도와 방식으로 삶을 살아가는 것을 말한다. 우리는 부족하지 않으며, 지금의 모습도 충분히 가치 있음을 믿어 보자. 이 태도가 우리를 비롯한 주변에 긍정적인 영향을 미칠 것이다. 빛나는 사람은 언제나 주변을 따뜻하게 밝히고, 그 따뜻함은 다시 우리를 향해 세상의 추위를 버틸 온기가 되어 준다.

우리에게 주어진 시간은 무한하지 않다. 우리가 가진 것을 일일이 파악하기도 부족하다. 그러니 밖을 내다보며 없는 것을 탐내고 부러워하기 전에 각자 손안에 쥔 것에 집중해 보자. 남들이 간절하게 꿈꾸어도 가질 수 없는 것을 우리가 갖고 있다는 사실에 감사하며, 하루하루를 소중히 살아가자. 지금의 행복을 놓치지 않는 선에서 말이다.

오늘을 즐기고, 지금의 자신을 사랑하는 일은 우리를 행복으로 이끄는 열쇠이다. 물론 앞으로의 멋진 모습을 상상하며 노력하는 것도 중요하다. 그러나 현재의 소중함을 잊지 않길 바란다. 하루하루 만족하며 살아갈 때, 미래는 밝고 눈부신 모습으로 우리와 가까워질 것이다. 우리가 찾고 있는 빛은 이미 우리 안에 반짝일 테니.

나만의 톤으로 선명해지기

우리는 사회가 요구하는 기준과 더불어 다른 사람에게 인정받기 위해 자신을 희생하며 살아간다. 완벽한 모습, 능력 있는 사람으로 보이고픈 욕망은 우리의 자연스러운 모습을 가려 자기애를 상실하게 한다. 하지만 세상에서 가장 소중한 사람은 바로 자신이며, 우리는 그 자체로 빛날 수 있음을 믿자. 나를 돌보고 아끼는 일은 사치도, 현실에 안주하는 것도 아니다. 바로 온전한 삶의 필수 조건이다.

모두가 선망하는 직업과 안정적인 삶이라도 자신을 돌보지 못하면 결국 '번아웃'이라는 결말에 닿기 마련이다. 퇴근 후 지친 몸을 이끌고 소파에 앉아 하루를 흘려보내고, 주말에도 무기력에 빠져 아무것도 하지 못한 채 의미 없이 시간만 보내는 일이 많을 것이다. 그러던 어느 날, 거울에 비친 자신의 모습을 보며 생각에 빠진 적이 있지 않은가?

나는 누구인가?
나는 지금 행복한가?
이 삶이 정말로 내가 원하던 것이었을까?

남들이 부러워하는 삶이라도 우리가 행복하지 못한다면, 그 삶은 대체 누구를 위한 것일까. 그런 삶은 자신을 위한 것이 아니다. 돈, 직업, 능력, 재능, 무엇 하나 뛰어나지 않아도 지금의 모습을 사랑하며 하루를 소중하게 살아가는 사람은 존재만으로 빛이 난다. 이처럼 자신에게 가치를 느끼면서 삶을 즐기는 이는 누구보다 행복해 보이며, 그들의 웃음 또한 눈부시다.

타인과의 비교와 더 나은 성과를 요구하는 사회라는 울타리 안에서 어려운 일이겠지만, 모든 일에 완벽을 추구하는 습관을 조금씩 내려놓음으로써 타인의 시선에서 자유롭도록 노력해야 한다. 일단 자신을 위한 시간을 마련하는 것부터 시작해 보자. 좋아하는 책 읽기나 산책 등 작은 취미를 찾는 과정에서 삶의 여유를 되찾자. 이처럼 작은 변화가 삶을 단번에 바꾸지는 못하겠지만, 진정한 평화를 찾는 길로 우리를 이끌어 줄 것이다. 이는 우리가 무엇을 하며 행복을 느끼고, 어떤 가치를 위해 살아가야 하는가를 깨닫는 계기가 될 것이다.

사실 많은 사람이 자기 돌봄을 후순위로 미루고 산다. 일에 치이면서 가족과 친구에게 헌신하느라 자신은 뒷전이다. 하지만 우리가 우리를 아끼지 않는다면, 누구와도 사랑과 에너지를 나눌 수 없다. 이런 상태는 빈 컵과 같다. 즉 자신부터 채우지 못하면 남에게 베풀 수 없는 법이다. 자신을 사랑하며 행복감으로 충만할 때, 비로소 주변과 진심을 나누는 여유가 생긴다.

우리가 사랑하는 사람 또한 성공을 위해 희생하며 살기

를 원하지 않을 것이다. 오히려 더 많이 웃고 즐기며 소소하게나마 행복한 삶을 이어 가길 바란다. 그러니 지금의 행복을 담보로 원하는 삶의 자락을 잡으려 애쓰지는 말자. 대신 우리가 진심으로 원하는 것, 우리에게 행복을 주는 것이 무엇인지를 깊이 고민해 보자.

실제로 자신을 소중히 여기는 사람들은 그렇지 않은 이보다 더 높은 행복감을 느끼며, 대인관계를 비롯한 여러 영역에서도 긍정적인 결과를 가져온다. 자신을 돌볼 줄 아는 부모는 자녀에게 더 건강하고 안정적인 환경을 제공하는 것처럼 말이다. 자신의 욕구를 무시하며 희생하는 모습이 아니라, 자신을 아끼고 사랑하는 모습을 보여 주는 것이야말로 진정한 교육이다. 자존감이 높은 사람은 타인에게 진심을 전할 줄 알고, 실패를 두려워하지 않는 용기가 있다. 그러므로 더 많은 것을 성취할 수 있다.

우리는 누구나 강해 보이기를 원하지만, 사실 우리의 내면은 연약하고 부서지기 쉽다. 그렇기에 자신을 소중히 여기는 자세는 매우 중요하다. 하루에 단 10분이라도 자신을 위한 작은 휴식 속에 삶의 균형을 찾고, 스스로 위로하고 격려

하는 시간도 마련해 보자. 그 순간만큼은 타인의 시선을 잊고, 자신에게 오롯이 집중하자. 이 시간이 쌓인다면 자신을 사랑하는 법을 알게 될 것이다.

또한 자기 돌봄은 우리를 둘러싼 세상을 더 밝게 만드는 일이기도 하다. 자신을 사랑할 때, 긍정적인 에너지를 발산하면서 주변에도 건강한 영향을 미친다. 자신을 아끼는 태도는 상대방의 존중을 불러오고, 상대방 역시 자신의 삶을 더 소중히 여길 용기를 얻는다. 그러니 남을 위한 자기희생을 멈추고, 다시 자신을 사랑해 보자.

물론 쉬운 일은 아닐 것이다. 이기적이라는 편견이 사회에 자리 잡았기 때문이다. 그러나 자기 돌봄이야말로 지속 가능한 행복의 핵심이다. 한 번에 모든 것을 바꾸기 어렵다면, 작은 것부터 실천하면 된다. 하루를 마무리하는 때에 자신에게 칭찬하거나, 하고 싶은 일을 계획하면서 자신의 감정을 존중하는 자세로 내면의 목소리에 귀를 기울여 보자.

그렇게 살아야 하는 이유는 단순하다. 인생은 한 번뿐이니까. 지나간 시간은 돌아오지 않고, 누구도 우리의 삶을 대신 살아 주지 않는다. 하물며 삶 속에서 겪는 행복과 불행마저 대신할 사람이 있을까? 그러니 인생의 주인공은 바로 '나'라는 사실을 기억하면서 오늘 하루만큼은 온전히 자신을 위해 살아 보자.

지금도 늦지 않았다. 자신을 오랫동안 방치했다면 지금부터 조금씩 바꿔 가면 된다. 그동안의 고된 시간, 지금까지 견뎌 온 현실이 모두 앞으로 만들어 갈 찬란한 순간에 다다르는 거름이 되리라 믿는다. 과거의 무너지는 듯한 경험도 지금의 내 모습을 만들었으며, 앞으로의 순간도 나를 빛내도록 도와주었으니 말이다. 그렇게 빛날 우리를 위해서라도 지금부터 자신을 아끼고 사랑하자.

우리의 빛깔은 저마다 독특하다. 그 색채로 세상을 더욱 아름답게 물들이려면 나부터 빛나야 한다. 다가오는 순간마다 '나'를 위한 선택으로 자신을 사랑하고 아끼는 삶을 살도록 하자. 이 연습으로 우리의 삶이 반짝, 빛을 낼 것이다.

내일의 스케치

누구에게나 꿈은 있다. 그 형태가 화려하지만 막연하든, 소박하지만 구체적이든 모두 우리의 삶을 앞으로 나아가게 하는 원동력이다. 그러나 때로는 우리의 꿈이 너무 크거나 멀게만 느껴질 때, 과연 이룰 수 있을까 하는 의구심이 들기도 한다. 그러나 기억하자. 상상은 단순한 공상에 머물지 않고, 우리의 삶을 움직이는 첫 단계임을.

상상의 힘은 참 강력하다. 문명을 한 차원 위로 끌어올린 위대한 발명과 예술, 성공적인 인생은 모두 한 사람의 상상에서 시작되었다. 라이트 형제가 하늘을 나는 상상을 하지 않았다면, 비행기로 단 몇 시간 만에 이곳저곳을 여행하는 일은 꿈에 그쳤을 것이다. 그리고 일상의 대부분을 차지하는 스마트폰도 처음에는 단순하고 막연한 상상에서 시작되었을 것이다.

이처럼 상상은 우리의 마음속에만 머무르지 않는다. 우리가 앞으로 나아갈 방향을 제시하고, 목표를 세우며, 실천을 유도하는 것이 바로 상상이다. 이처럼 '상상하는 대로 이루어진다.'라는 말의 의미는 결국 꿈을 실현하기 위해 한 걸음씩 나아가는 용기와 행동이 뒷받침되어야 한다.

물론 바쁜 일상 속에서 자신만의 시간을 갖는 일이 쉽지 않다. 그러나 이에 불평하기보다 매일 밤 30분 동안만이라도 자기계발을 위해 책을 읽는다면, 1년 뒤에는 놀라운 변화가 찾아올 것이다. 작은 습관의 힘이 점차 커지면 성과도 더욱 나아지면서 꿈에 한 발짝 가까워질 것이다. 시작은 간단하다. 그저 미래를 상상하고, 이를 현실로 이루고자 작은 발걸음을 내디딜 뿐이다. 그러니 할 수 있다는 믿음으로 자신을 위해 짧은 시간이라도 투자해 보자.

성공한 뮤지션도 그렇다. 그들 역시 처음에는 무대 위에서 노래하기를 꿈꾸며 치열하게 살아왔을 것이다. 때로는 자기보다 더 뛰어난 사람 앞에서 자신의 재능을 의심하며, 끝없는 노력에도 꿈에 닿지 않는 듯함에 좌절하기도 했을 것이다. 그 와중에도 무대에서 박수갈채를 받을 언젠가를 그리며 자신을 모두 보여 주기 위해 연습을 멈추지 않았을 것이다. 이 과정에서 자신의 강인함과 능력을 깨달을 것이다.

이처럼 상상에는 우리의 마음과 행동을 변화시키는 힘이 있다. 여기에서는 꿈을 현실로 이룰 수 있다는 믿음이 중요하다. 종종 현실적인 문제에 가로막히곤 하지만, 상상은 그 문제를 극복할 방법을 찾도록 우리의 잠재력을 끌어올린다. 그리고 어떤 어려움이 닥치더라도 극복할 용기를 준다.

상상이 현실에 영향력을 미치는 데 필요한 것은 구체성이다. 단순히 "행복해지고 싶다."라는 생각보다 행복해지기를 바라는 상황과 모습을 선명하게 그리는 것이다. 예컨대 원하는 곳에 취업하고 싶다면, 그곳에서 일하는 모습부터 상상해 보자. 복장, 소통하는 사람, 성취감의 유형은 어떠한지 생생하게 그리자. 이처럼 구체적인 상상은 동기를 자극할 뿐 아니라, 현실적으로 목표를 계획하고 행동하도록 돕는다.

끈기 또한 빼놓을 수 없는 요소이다. 상상을 현실로 이루는 과정은 예상보다 더디고, 때로는 좌절을 동반하기도 한다. 그러나 포기하지 않고 한 걸음씩이라도 나아가는 것이 중요하다. 꿈이 멀게만 보이더라도, 그 꿈을 향한 작은 몸짓은 결국 원하는 목표로 이끌 것이다.

나는 어린 시절부터 여러 브랜드의 피팅 모델 활동으로 예쁜 옷과 메이크업으로 카메라 앞에 서는 일이 자연스러웠다. 그 시절이 있기에 인플루언서이자 유튜버가 되어서도 뷰티와 패션 제품에 관심을 보여 왔다. 그리고 단순히 제품을 홍보하는 일보다 나만의 제품 브랜드를 론칭하고 싶다는 꿈이 생겨나기 시작했다.

처음에는 그 모든 것이 상상에 불과했다. 그러나 이제는 옷을 직접 제작하는 것뿐 아니라 브랜드와의 협업으로 렌즈를 개발하고 나만의 뷰티 브랜드를 선보이기에 이르렀다. 이 모두가 훌륭한 팀을 만난 덕분이었다. 예전에는 상상도 못 할 일이었다. 브랜드 론칭은 자본과 능력이 출중하고 팬층이 두터운 사람들만의 전유물이라는 생각 때문이었다.

성공적인 뷰티 브랜드 론칭 경험은 유명 백화점 팝업 스토어에서 인기 레스토랑과의 협업, 그리고 단독 팝업 스토어 운영으로까지 이어졌다. 그리고 내가 제작에 참여한 렌즈는 좋은 반응을 얻어 이미 세 번째 제품을 출시했다. 이 모든 과정의 시작은 그저 하나의 상상이었다.

상상은 희망과 연결되어 있다. '꿈은 이루어진다.'라는 믿음은 단지 성공을 위한 것만은 아니다. 이는 곧 어려운 시간을 버티면서 더 나은 미래를 기대하는 원동력이다. 고된 순간에도 상상 속에서 더 나은 내일을 그려 보자. 그것이 당신에게 오늘을 살아갈 힘을 줄 것이다.

그러니 당신이 어떤 꿈을 꾸고 있더라도 포기하지 말자. 모든 것은 상상하는 대로 이루어질 것이다. 그 과정에서 시간이 걸리거나 어려움이 따르더라도, 상상을 멈추지 않으며 실제로 이루어 내겠다는 노력을 아끼지 않아야 한다. 그렇다면 우리의 삶은 상상하는 대로 빛날 것이다.

어떤 이에게는 지금의 내 삶이 최종 목적지일 수도, 누군가에게는 출발점일 수도 있다. 그리고 나의 현재는 앞으로 더 빛날, 기나긴 여정의 시작일 뿐이다. 이 글을 마치며 당신의 삶이 빛나길 진심으로 응원한다. 당신의 꿈이 조금이라도 덜 힘들고, 더 빠르게 당신의 현실로 다가오기를 바란다.

홀씨 날리던 봄날처럼

겨울이 지나 봄이 돌아오면, 솜사탕 같은 민들레와 버드나무 홀씨가 따스한 봄바람을 타고 자기만의 땅을 향해 흩어져 날아간다. 행복도 마찬가지로 풀과 나무처럼 자라난다. 어딘가에서 날아온 씨앗이 땅속에서 뿌리를 내리면 햇빛과 물, 시간의 화음으로 서서히 싹을 틔워 줄기와 가지를 뻗는 것처럼. 우리가 바라는 행복도 갑작스러운 소나기처럼 찾아오지 않는다.

이처럼 행복은 우리가 매일 조금씩 키워 가야 한다. 그리고 우리가 알지 못하는 사이에도 서서히 자라나고 있다. 때로는 행복에 정체기가 찾아왔다는 생각이 들 때도 있다. 하지만 우리 눈으로 직접 볼 수 없는 땅속에서 뿌리가 깊어지고 있다는 사실을 잊지 말아야 한다.

행복을 기다리는 시간은 종종 초조하고 답답하게 느껴진다. 그리고 지금 느끼는 불행이 영원할 것처럼 생각하는 사람이 많다. 아침을 깨우는 알람 소리에 간신히 눈을 뜨고, 하루를 버티기 위해 커피를 들고 출근하는 일상이 반복된다. 주말에는 피로를 풀고 쉬어야 하지만, 해야 할 일들은 켜켜이 쌓여 머릿속을 맴돈다. 삶이 단조롭고 버거울 때, 우리는 허공을 바라보며 이런 질문을 던지곤 한다.

"과연 내가 행복해질 날이 올까?"

하지만 행복은 지금도 천천히 자라고 있다. 단조로운 일상에도 행복은 스며 있다. 중요한 것은 바로 그에 대한 믿음이다.

행복은 반드시 특별한 사건에서 오지는 않는다. 우리는 가끔 영화 속 주인공 같은 삶을 상상하며, "내가 행복해지려면 이 정도 일이 일어나야 해."라는 조건을 마음속에 정해 두곤 한다. 사랑하는 사람이나 꿈꾸던 직업, 더 많은 돈이 있어야 하는 것처럼 말이다. 그러나 우리는 행복이 꼭 거창한 조건에서 피어나지는 않음을 간과하고 있다.

우리는 길가에서 만난 작은 고양이가 몸을 비비며 애교를 부릴 때, 어느 날 동료가 사 온 빵을 우리에게 나눠줄 때, 어스름한 저녁 하늘에 물든 노을이 우리의 마음을 어루만질 때 행복을 느낀다. 이처럼 행복은 일상의 사소한 순간에도 숨어 있다. 우리는 그 순간을 자주, 깊이 느끼고 있을까? 그리고 힘든 나날에도 그 기억을 잘 간직하고 있는가?

어린 시절, 우리는 크리스마스를 손꼽아 기다린다. 며칠 전부터 산타의 선물, 특별한 음식, 가족과 함께하는 즐거운 시간을 상상하며 설렌다. 크리스마스는 단 하루뿐이지만, 우리는 그 전날까지 모두 행복으로 채웠다. 오래 기다려 온 휴가를 앞두고 짐을 꾸릴 때, 특별한 약속을 앞두고 입을 옷을 고를 때 느끼는 설렘처럼 어른이 된 지금도 우리는 그때와 비슷한 감정을 느낀다. 이처럼 행복은 기다림 속에서 자라난다.

우리는 고난이 지나고 맺힌 결실을 맛보는 순간에도 큰 행복을 느낀다. 다이어트를 결심했을 때, 몇 주간은 별다른 차이를 느끼지 못해 포기하고 싶어질 것이다. 하지만 의지가 꺾이지 않고 계속한다면, 언제부터인가 입던 옷이 헐렁해지면서 주변에서 살이 빠졌냐는 말을 듣기 시작한다. 이때 그간의 노력이 작은 기쁨으로 떠올라 우리를 비춘다. 결국 행복이란 오랜 시간에 걸친 선택과 인내의 결과물이다.

누구나 한 번쯤 힘든 시기를 겪듯, 행복은 불행과 공존하며 성장하기도 한다. 물거품이 된 꿈, 사랑하는 사람과의 결별처럼 원치 않은 고난이 삶에 들이닥치는 때조차 행복을 틔우는 토양이 된다. 춥고 메마른 겨울이 지나야 새싹이 돋아나듯, 삶의 어려움은 더욱 단단한 행복의 뿌리를 만드는 인고의 시간이다.

누군가는 "행복이 찾아온다 해도, 너무 늦어진다면 어떡하나?"라고 반문할 수도 있겠다. 하지만 그 답은 바로 '현재'에 있다. 행복은 먼 미래의 일이 아니다. 지금도 자라고 있다. 친구와 힘이 되는 대화, 오늘 들었던 칭찬 한마디, 맛있는 음식을 먹으며 느꼈던 기쁨으로 우리의 행복은 지금도 순간순간 소소하게나마 자라고 있음에도 지나쳐 버리기 일쑤이다. 따라서 행복은 먼 곳보다 우리 주변에서 찾아내려는 노력이 중요하다.

그리고 행복은 나눌수록 커진다. 친구가 나를 위해 시간을 낼 때, 가족이 내가 좋아하는 음식을 준비해 주었을 때, 동료가 내 노력을 알아봐 주었을 때처럼 관계 속에서 수많은 행복이 찾아온다. 이런 행복이 곧 우리가 살아가는 이유이자 하루를 견디는 힘이 된다. 그리고 그 행복을 다시 누군가와 나눌 때, 그것은 삶 속에서 더 커진다.

우리가 선택한 목적지가 어디든, 그리고 그 길이 아무리 길고 험난하더라도 언젠가는 꿈꾸던 곳에 다다를 것이다. 여정 속에 고난이 있을지언정 낭떠러지는 없다. 장애물을 건너기 어렵다면, 언제든 출발지로 돌아와 새로운 목적지를 정하거나, 다른 길을 찾아 차분히 걸어가 보자. 어디에 도착하든 그곳에서의 우리는 찬란한 모습으로 거듭날 것이다.

그러니 조급함을 버리고 행복의 씨앗을 지켜보는 마음

으로 기다려 보자. 생각한 대로 행복하지 않아도, 내면에서
는 행복의 뿌리가 단단해지고 있음을 믿어 보자. 우리의 행
복은 느리지만, 확실히 자라고 있다. 우리의 삶은 그 자체로
이미 충분히 눈부시니까.

누구나 처음 사는
인생이니까

서른 살이 넘어 운전을 처음 시작했다. 조수석에 아무도 없이 혼자 운전석에 앉은 첫날, 시동을 걸기 전부터 심장이 두근거렸다. 내 손은 핸들 대신 불안감을 쥐고 달리는 듯했다. 매일 운전을 하는 사람들에게는 그저 일상이겠지만, 그때의 나에겐 긴장감 넘치는 도전이었다. 이후로 몇 달 동안 운전을 해야 할 날이면 전날부터 긴장했기에 그냥 택시를 타고 갈까를 수없이 갈등했다.

다른 사람은 쉽게 해내는 일이 왜 나에게는 그렇게 어려웠을까. 나는 운전에 정말 소질이 없을까, 아니면 나만 유난히 서툰 걸까를 계속 되뇌며 자신감을 잃어 갔다. 집을 나서고 도로 위의 세계로 들어가기 전에도 큰 다짐을 하듯 마음을 가다듬어야 했다. 운전 중에도 목적지에 도착하면 주차는 제대로 할 수나 있을까 수없이 걱정하며 머릿속을 바쁘게 굴렸다.

나와는 달리 일찍 운전을 시작한 친구들은 도로 위를 능숙하게 달렸다. 그러던 어느 날 친구에게 물었다. 놀랍게도 친구들은 하나같이 "우리도 다 그런 때가 있었어."라고 답했다. 그리고 2년이 지난 지금, 나는 운전이 두렵지 않다. 이처럼 처음에는 막막했던 일들이 시간이 지나며 자연스러워지는 과정을 겪으며 깨달았다. 누구에게나 처음은 어렵고, 시간이 지나면 익숙해진다는 것을.

유튜브를 처음 시작할 때도 그랬다. 그때는 모든 게 낯설었고, 주변에 도움을 줄 사람도 없었다. 혼자서 스마트폰으로 영상을 찍었기에 스스로 잘하고 있는지조차 판단하기 어려웠다. 초보 유튜버일 당시 조명 세팅 방법도 몰라 얼굴에 그림자가 지기 일쑤였고, 카메라 설정조차 아는 게 없어 촬영을 여러 번 망치기도 했다. 심지어 영상 편집에서도 수없이 헤매던 탓에 다른 유튜버와 비교하면서 자책하기도 했다.

그러나 실수 속에서 차근차근 배워 나가니, 감이 잡히지 않았던 촬영과 편집도 어느새 조금씩 익숙해졌다. 그야말로 모든 것이 자연스럽게 이루어졌다. 처음에는 두렵고 서툴던 일이 손에 익은 뒤로 점차 즐거움을 느끼기 시작하면서 많은 것을 성취했다. 카메라 앞에서 말을 하는 것도, 팔로워들과 소통하는 일도 지금은 능숙해졌다.

중국에서의 피팅 모델 활동도 마찬가지였다. 사람에서 환경까지 모두 낯설고, 소통조차 제대로 할 수 없는 상황에서 우리나라와는 다른 업계 시스템에 적응하며 일해야 했다. 누구나 그런 상황이라면 무력감을 느끼기 마련이지만, 나는 울며 겨자 먹기로 버텨 왔다. 하지만 시간이 지나자 중국어도 늘고, 새로운 환경에서도 믿고 의지할 사람이 생겨나면서 차츰 안정감을 찾을 수 있었다. 주문이나 질문 같은 짧은 대화는 물론, 지도 없이는 발조차 들이지 못하던 거리까지 어느새 자연스레 다닐 수 있었다.

누구나 자신보다 뛰어난 사람에게 위축된 적이 한 번쯤은 있을 것이다. 하지만 처음 시도하는 일 앞에서 불안해하는 것은 결코 우리가 나약해서가 아니다. 오히려 자연스러운 일이며, 서툰 시작 속에서 더 많은 것을 배우고 성장할 기회를 얻는다. 시간의 방향에 따라 경험이 쌓이고, 그 경험이 자연스럽게 자신감을 키운다.

자전거를 처음 배울 때 넘어지면서 균형 잡는 법을 익히듯, 우리는 시행착오를 겪으며 점점 능숙해진다. 축구 또한 처음인 아이에게는 공을 던지고 받는 간단한 동작조차 어려

워하지만, 꾸준히 연습한다면 동작이 정확해지면서 자연스
럽게 즐기듯이 말이다. 이처럼 새로운 일을 해내는 과정은
서툴기 마련이고, 이는 우리가 접하는 다양하고 새로운 경
험에서도 나타난다.

처음으로 취업한 회사에서 사회생활의 포문을 연 신입
사원의 하루도 다를 것은 없다. 업무에 완벽히 적응하지 못
해 실수도 하고, 첫 프레젠테이션에서는 긴장으로 머리가 하
얘져 횡설수설하기도 한다. 그렇게 아침마다 출근하는 발걸
음이 설레면서도 무거울 것이다.

직장뿐 아니라 학교를 비롯한 공간에도 모두의 첫 순간
이 새겨져 있고, 그곳에서도 미숙함을 드러내지 않은 이는
아무도 없다. 이런 모습은 우리의 성장에 필연적이다. 그러
나 우리의 부족함은 성장의 다음 단계를 유도한다.

사회생활에서의 인간관계도 그렇다. 처음에는 낯선 직
장 분위기를 파악하고, 동료와 자연스럽게 소통하며 가까워

지는 데도 시간이 걸린다. 그 과정에서 대화의 흐름을 이해하지 못해 겉도는 듯함을 느끼고, 구성원에게 어떤 말로 다가가야 할까를 고민하다 주저한다. 이처럼 긴장된 상태에서 상대방의 말과 행동을 어떻게 받아들여야 할까도 어려워할 때가 많다.

우리의 미숙함은 삶의 궤적에 실수와 후회라는 발자국을 남기지만, 그 과정이 계속되면서 성장의 밑거름이 되어간다. 친구와 처음 갈등이 생겼을 때, 서툰 대응으로 아쉬운 적이 있었을 것이다. 그런가 하면 새로운 물건을 사기 위해 정보를 검색하며 전전긍긍한 끝에 구매하여 사용법을 제대로 익히기까지 수많은 시행착오를 거치지 않았던가.

우리 모두 처음에는 서툴렀다. 그 사실이 나에게 위안을 준다. 인생에서 마주하는 새로운 경험은 모두 긴장과 불안을 동반하지만, 그것이 우리의 첫걸음을 의미 있게 만든다. 처음이기에 더 많은 실수 속에서 좌절하기도 하지만, 그 모든 것이 무의미하지는 않다. 우리의 미숙함에는 세상 무엇과도 바꿀 수 없는 나름의 가치가 있다. 그것은 우리가 실패를 통해 배워 나갈 수 있도록 도와줄 것이다.

처음 사는 인생이기에 우리는 때로 좌절하고 실수하며 배운다. 어린 시절 자전거를 타기 위해 넘어지면서 조금씩 균형을 잡는 법을 배우고, 다시 일어서는 힘을 키워 온 것처럼 우리에게는 난관을 마주하더라도 다시 일어설 용기와 배우려는 마음가짐이 중요하다. 그러니 처음이라 서툰 자신을 비난하지 말고, 그 과정을 자연스럽게 받아들이자.

처음부터 잘 사는 사람은 없다. 이제는 마음 편하게 앞으로의 성장을 기다리는 여유도 만끽해 보자. 그러면 인생에서 또 다른 멋진 순간을 맞이할 것이다.

괜찮다. 몰라도, 서툴러도 괜찮다. 누구에게나 처음은 있으니까. 누구나 처음 사는 인생이니까.